Walking Naoned

Mickaël Glenn

Walking Naoned

Humour Zombie

Mentions légales

© 2016 Mickaël Glenn

Éditeur : BoD-Books on Demand
12-14 rond-point des Champs-Élysées, 75008 Paris
Impression : Books on Demand, Norderstedt, Allemagne

Illustration : 123rf.com, libre de droits

ISBN : 978-2-3221-8827-7
Dépôt légal : Novembre 2019

« Quand on veut survivre à une invasion zombie, il faut devenir zombie. »

Nietsche (citation authentique)

Du même auteur

Britannia, tome 1 : conspiration barbare, roman d'aventure historique, 2013.

En Marche vers le Progrès : conte philosophique satirique, 2018.

Face à la Mort : roman de guerre et d'amour, 2019.

Année 66, roman de science-fiction, à venir très bientôt.

CHAPITRE 1
BAISSE DU CHÔMAGE

— Monsieur Janvion, je pense que votre problème, c'est que vous voyez tout en négatif. Vous devez rebondir ! Il y a une méthode qui nous vient des States : c'est la pensée positive. Pensez positif, Monsieur Janvion, et vous verrez tout s'arrangera.

C'est ainsi que mon conseiller Pôle Emploi me rabâche depuis dix minutes le pourquoi de mes échecs successifs à mes entretiens d'embauche. Ce grand couillon de trente ans n'a jamais connu le chômage. Il est sorti de la fac, a passé un concours, a obtenu la 234e place sur 289 postes, avec plus de 2000 candidats au concours, cela lui donne l'impression d'être un Winner. Du coup il se permet, non sans une certaine condescendance, de balancer des conseils un des articles « psy » de V.S.D. , comme une science. Le bougre rajoute :

— Bon dans l'immédiat, je pense que si vous ne trouvez pas de travail, c'est que vous avez du mal à vous placer sur le marché de l'emploi. Je vais donc vous inscrire à la formation « comment bien se vendre pour réussir ». Ne baissez pas les bras, nous sommes là pour vous aider.

Se vendre, alors qu'il ne me reste plus qu'un jeans ? Qui voudra m'acheter ? Alors c'est ça en fait l'employé, un type qui se vend ? Moi qui croyais que l'esclavage avait été aboli.

Après l'entrevue avec Monsieur positif, je consulte les annonces : comme d'habitude rien dans ma branche, je vais me rabattre sur les offres non qualifiées. Alors... manutentionnaire... SMIC... 5 ans d'expérience... motivé... travail en équipe... lettre de motivation ... il faut en plus montrer qu'on est motivé pour un travail de merde, mal payé, est-ce mon pessimisme chronique qui me fait prendre cela pour de l'humiliation ? Faudra que je consulte un psy.

A côté de moi, un type encore plus mal en point que moi, cherche aussi l'emploi de ses rêves. Mal rasé, mal coiffé, fringues fripées, chaussures limite trouées, il m'adresse la parole :

— Vous aussi vous cherchez un emploi ? Je lui aurais bien répondu : « non je bine les carottes », mais son air coupable m'attriste. Parce que moi ça va faire deux ans que je cherche. Avant j'étais employé chez .... Et puis j'ai été licencié pour cause de ... Parait qu'ils embauchent des soudeurs chez ... mais j'ai pas de formation de soudeur, je vais en demander une à mon conseiller.

Le pauvre gars, ça doit faire au moins sa dixième formation subventionnée. Le genre de type qui passe son temps de formation en stage, et qui malgré cela n'est jamais à la hauteur de rien. Un gros type le bouscule en passant et l'autre paumé qui s'excuse. Je suis le gros du regard : avec son costard et sa bouille de quadra, c'est le genre cadre remplacé par un plus jeune, un plus dynamique, un plus con aux dents longues et limées. Lui il est déjà fini, il mettra en avant son expérience, on lui rétorquera son âge et son manque de créativité.

Je me paye un café à la machine et je sors sur le parking. Là, une femme maigrichonne et stressée en est à sa cinquième clope. Je la connais, encore une habituée des lieux. Elle, le problème c'est les dépressions. Une bipolaire, la dernière fois qu'elle a eu un job, elle a pas supporté la pression. Ce sera pareil au prochain poste.

Dehors, les immeubles aux façades aussi grises qu'un ciel de novembre en Mayenne, font la gueule ; et puis la route embouteillée par les veinards qui sortent du travail à midi. Je m'amuse souvent à les regarder : les gens normaux, ceux qui font tous les jours la même chose pour avoir la chance de toucher un salaire. Ils sont seuls dans leur voiture et ont une figure d'enterrement. J'ai du mal à croire en les voyant que le travail épanouit.

J'entends des sirènes : police, pompiers, ambulances... il y a l'air d'avoir de l'animation en centre-ville. Je veux passer un coup de fil, mais le réseau est saturé. C'est curieux.

Je marche jusqu'au parking ; cette fois la sirène de la ville retentit et je vois des gens qui courent dans la rue comme des dératés. Des coups de feu retentissent et là, ma curiosité se mue en inquiétude : que se passe-t-il ? Un attentat ? Je vais d'un pas pressé au café des sports tout près d'ici. Cette fois les voitures sont pare-chocs contre pare-chocs et les gens s'énervent en klaxonnant, car ça n'avance plus du tout, sauf dans l'autre sens, en direction du centre où passent maintenant des véhicules militaires. J'entre dans le café et je m'empare de la télécommande; les clients gueulent car j'ai mis fin au match de foot. Je zappe sur toutes les chaînes , curieusement aucune ne parle d'attentat ni de catastrophe dans ma ville. Il y a même des reportages sur la douceur de vivre du pays.

Un poivrot pousse un râle en désignant le parking de Pôle Emploi en tremblant : voilà que le cadre chômeur de tout à l'heure se bagarre avec une jeune fille enragée. Sur la rue, une bande de badauds se jettent sur les portières et les pare-brises des automobilistes. Des bruits de verre qui se brisent et des cris font penser à une émeute. Des gens sortent de leur voiture et les voilà aux prises avec les émeutiers. Je n'en crois pas mes yeux : il y en a des centaines et ils ont l'air furieux. Certains se jettent au cou des gens et semblent les mordre. Du sang gicle, je prends un verre de whisky que j'avale cul sec, je suis terrifié comme tous les clients du bar. Elle est belle la douceur de vivre du pays !

L'alcool m'a redonné un peu de courage : fuir, il faut fuir, tout de suite. Ma voiture est sur le parking, celui-ci est étrangement calme en comparaison de la rue. Le pauvre quadra de tout à l'heure gît par terre dans une mare de sang. ça craint grave. Je pense qu'il faut partir, hélas la rue est bloquée. Heureusement le parking a une autre sortie, sur une petite rue transversale, je sais bien éviter les bouchons pour rentrer chez moi. Je décide de tenter le tout pour le tout, ma clé en main, je sors du café et je cours dans le parking sans regarder autour de moi. J'entends les cris de terreur des gens et des grognements de bêtes féroces. Je ne cherche pas à comprendre, je fonce. Me voilà au milieu des voitures, la bipolaire m'appelle :

— Au secours !

La pauvre est coincée sur une camionnette entourée d'émeutiers. Je reconnais le champion des stages et des formations, il essaye en sautant de lui mordre les mollets. Le gars est livide, ses yeux vitreux, du sang coule d'une plaie béante au niveau du cou et il grogne comme le ferait un ours. Qu'est-ce qu'il se passe enfin ? J'hésite : dois-je me porter au secours de la demoiselle en détresse ou plutôt entrer dans ma voiture qui n'est qu'à quelques pas ? Soudain le quadra qui gisait à terre m'attrape la jambe et essaye de me mordre. Il a l'air mort et pourtant veut me manger ! Alors que j'essaye de dégager ma jambe, je comprends : ce sont des zombies comme dans les films ! François et moi on est fan de Z Nation ! Des sortes de morts-vivants qui vous contaminent avec des morsures comme les Schtroumpfs Noirs.

Je donne des coups de pied, le gars s'en prend plein la gueule et pourtant ne semble pas sentir les coups. Je replonge dans les films : il faut leur éclater le crâne avec un objet fortement contondant. Je trouve un crique pas loin, l'attrape au passage et lui réduit la tête façon puzzle. Ça y est c'est décidé : tant pis pour la fille, c'en est trop pour moi, je me casse.

J'entre dans ma voiture, une vieille Ford achetée d'occasion que j'ai pas les moyens d'entretenir correctement. J'enfonce la clé et j'essaye de démarrer : voilà que cette foutue caisse tousse et crache. Je réessaie une fois, deux fois, trois fois... pourvu que la batterie tienne. Je savais que j'aurais dû la changer, c'était ça ou l'assurance, tu parles d'un choix. Et voilà, j'ai choisi l'assurance... Les dégâts liés aux zombies ne sont pas couverts, c'est sûr. Je démarre, je mets la marche arrière et j'éclate au passage un de ces monstres. Je manœuvre et m'apprête à passer la première. Je vois mon conseiller qui sort en courant poursuivi par des zombies, le visage effrayé. Il hurle :

— Aidez-moi !

Par la vitre, je lui lance, tout en accélérant :

— Pensez positif ! Pensez positif et tout s'arrangera !

CHAPITRE 2
ÇA POURRAIT ÊTRE LA FIN DU MONDE...

J'arrive devant chez moi ; le quartier est calme, les passants ont l'air d'ignorer qu'il y a une invasion de zombies à deux pas d'ici. Au loin le bruit des sirènes, d'hélicoptères et de coups de feu se mélangent. Je ne m'affolerais pas non plus si je ne savais pas de quoi il s'agit.

Je me gare rapidement devant un garage ; tant pis c'est pas tous les jours que les morts-vivants attaquent, le voisin comprendra.

A peine descendu de la voiture, un type hurle depuis sa fenêtre :

— Hé ! C'est interdit de stationner là!

— Désolé !... Pas le temps.

— Reviens ou j'appelle les flics !

Il peut téléphoner autant qu'il veut, ça m'étonnerait beaucoup que la police se déplace aujourd'hui, en pleine guerre des morts-vivants.

Devant ma porte d'immeuble, je me souviens plus du digicode. C'est mon jour ! Heureusement ma voisine du dessus, une bourgeoise style tailleur

Chanel qu'est mariée à un ancien officier, sort. Je retiens la porte, et la voisine par le bras :

— Vous devriez rentrer chez vous Madame, c'est dangereux dehors.

— Et pourquoi je vous prie ?

— Heu... des zombies, il y en a partout en ville...

Elle hausse les épaules et repart en maugréant :

— Arrêtez la drogue jeune homme, qu'elle me rétorque en me filant un euro.

J'insiste :

— Je vous jure Madame !

Cette dernière prend un ton condescendant et choqué et hausse la voix d'un ton :

— Jeune homme, cela suffit ! De plus votre braguette est ouverte et votre jeans sale, Rentrez donc chez vous au lieu d'importuner vos voisins, avec des histoires à dormir debout...

— Vous avez un problème avec le p'tit couillon du deuxième, Madame Durand ?

Ça, c'est le beauf du huitième qui emmerde tout le monde avec sa musique militaire à fond la caisse. La dame me regarde comme une prof qui donne une seconde chance à un élève et je me rends. Quand les femmes sont connes, les gars, laissez tomber !

Je monte donc les escaliers jusqu'à mon appartement, après un haussement d'épaule. À la porte est scotché un avis de passage d'huissier. « Ah le salopard » me dis-je, même un jour d'apocalypse, je lui souhaite de se faire bouffer. J'entre et aussitôt mon téléphone sonne, comme si on avait deviné que je venais de rentrer chez moi.

— Allô ?

— C'est Véronique.

Oh merde pas elle, mon ex...

— Viens chercher les enfants ce soir, c'est ton week-end de garde. T'as pas oublié qu'on était Vendredi j'espère ?

— Écoute c'est pas le jour là...

— Évidemment Monsieur a toujours une excuse pour se défiler. Non je veux pas le savoir, tu es père, tu as des responsabilités de père, tu dois assumer, il est temps que tu deviennes un peu adulte...

Elle continue à parler sans s'arrêter pour répéter les mêmes reproches inlassablement, j'essaye de l'arrêter :

— Véro, reste chez toi aujourd'hui, barricade-toi, c'est dangereux dehors !

— Qu'est-ce que tu racontes ? Des conneries, encore et toujours des conneries ! Triste exemple pour tes enfants, va les chercher à l'école ou je vais écrire au juge.

Merde ! Les enfants sont à l'école, à cinq cent mètres de Pôle Emploi, ça craint grave.

— Bon ça va j'y vais !

Avant de repartir, j'allume la télé : toujours rien sur les zombies. Ils se foutent de notre gueule ! On parle d'une émeute en centre-ville sans donner d'images précises, et on informe qu'il ne faut pas s'inquiéter et rester tranquillement chez soi, que les routes tout autour de la ville sont coupées en attendant le retour au calme. On dirait que tout a été mis en œuvre pour empêcher la panique, un chef d'œuvre de censure, ça présage rien de bon.

Mon ordi est allumé, je vais sur les réseaux sociaux : là ça commence à bouger, des vidéos de zombies circulent déjà , j'avais pas rêvé ! On voit des gens qui se font attaquer par des morts, des policiers leur tirent dessus, il y a même des blindés, on se croirait en Ukraine. Par contre les commentaires sont partagés : l'incrédulité l'emporte. Comment ça un fake ?!

Bon pas le temps de traîner, je pense à mes gosses qui pourraient se faire zombifier, je dois y aller.

Je ressors, redescends les escaliers prudemment, des fois que l'huissier repasse ou que le connard du huitième me saute dessus. Celui-ci pas besoin qu'il soit Zombies pour foutre la trouille, c'est un fêlé.

Une fois passé la porte de l'immeuble, je cours jusqu'à ma voiture ; pour apercevoir une fliquette qui me fout une contredanse tandis que le voisin à sa fenêtre jubile.

— OK je m'en vais de suite...

— Trop tard, je verbalise...

— J'en ai rien à foutre.

Sur ces mots j'entre dans ma voiture et mets le contact.

— Ah vous le prenez comme ça ! Descendez du véhicule !

— Allez vous faire foutre ! Que je lui balance en démarrant en trombe. J'ai quand même le temps de l'entendre me crier :

— J'ajoute outrage à agent dans l'exercice de ses fonctions et intimidation...

Soudain j'entends des grognements et des cris de terreur : ça y est ILS arrivent. La fliquette a à peine le temps de comprendre qu'elle se fait sauter dessus par un postier enragé. Il la mord au cou et du sang gicle. C'est le panorama que me livre mon rétroviseur. Je repars en heurtant quelques zombies au passage. Sur la route, je dois slalomer entre des bagnoles abandonnées, certaines se sont encastrées et il me faut trouver un passage. Par contre les rues sont désertes, c'est flippant à mort.

J'arrive sur le parking de l'école. Au loin j'entends des tirs de lance-roquettes, ça barde toujours en centre-ville. La porte de l'enceinte de l'école est fermée, j'appuie sur l'interphone. D'une fenêtre qui me fait face, un soldat armé d'un Famas me répond :

— Dégagez de là ou je tire !

— Mes enfants sont là ?

— Nous sommes là pour protéger cette école mais nous avons ordre de tirer sur quiconque essaye d'entrer. Barrez-vous et planquez-vous.

— Mais qu'est-ce qui se passe bon sang ?

— On sait pas, partez à 3 ou je tire... 1... 2...

Je repars, rien à faire avec ces cons de soldats, la seule différence qu'il y a entre eux et les zombies, c'est que ces connards de militaires ne vont pas mordre mes gosses, je les pense en sécurité pour le moment. Je retourne à ma voiture, bien mieux intentionnée qu'au départ, elle démarre. Au passage je défonce quelques zombies de plus : un mec des travaux publics a toujours son casque, mais auquel il manque la mâchoire du bas, un rappeur de cité obèse qui roule sous le choc comme un tonneau et une caissière de supermarché. Ma voiture est toute cabossée, mais roule encore. Il y a des zombies qui courent à côté en hurlant, comme cette pauvre ménagère encore en robe de chambre avec son masque aux concombres sur le visage. Elle finit par se faire écraser par une autre voiture qui venait en sens inverse. Je ne suis pas le seul à écraser des morts-vivants avec ma caisse. Je me demande si l'assurance couvrira ce genre de dégâts. J'aurais dû prendre le forfait entier.

Voilà que mon portable sonne : je croyais le réseau coupé !

— Allô ?

— C'est Nadège, il est presque midi, qu'est-ce que tu fous ?

Merde, ma sœur ! J'avais complètement oublié.

— LEUR car est arrivé de Sofia, ils sont à la gare routière et il n'y a personne pour les accueillir. Tu avais dit que tu t'en occupais, vu que t'as pas de travail et que t'as que ça à foutre !

Oups, ma frangine se marie ce week-end avec un Bulgare ; toute la belle-famille est venue en car et ça tombe aujourd'hui ! Quelques heures de retard sur l'horaire et ils auraient trouvé un barrage militaire, ils auraient été hors de la zone contaminée, la poisse !

— Va les chercher... non je suis pas au courant de ... une émeute ? Encore une raison supplémentaire pour aller les chercher... Tu as promis ! ... Non j'annule pas, rien ne me fera annuler ce mariage... J'ai jamais eu de chance avec les hommes, alors maintenant qu'il y en a un qui veut vraiment construire quelque chose de durable avec moi, je vais pas rater l'occasion... ça pourrait être la fin du monde que je marierais quand même !

CHAPITRE 3
DOBRÉ DOUCHLI

Toujours avec ma vieille Ford, je roule à vive allure en direction de la gare routière. Parfois je dois prendre des sens interdits, car le chaos règne dans la non-circulation. Évidemment il y a des zombies, toujours aussi effrayants avec leurs plaies ouvertes et leurs vêtements déchirés et tâchés de sang. Je joue parfois à choisir lequel j'écrase : l'étudiant boutonneux ou la vieille ? L'étudiant, paf ! Ses lunettes sont restées coincées dans mon essuie-glace... ah ! Là-bas le député-maire a été zombifié, il court dans la rue couvert d'hémoglobine, une bave gluante aux lèvres, on dirait un dogue enragé. Je donne un coup de volant pour le shooter : à l'instant où je vais l'atteindre, il crie des insultes, merde il est pas contaminé... tant pis, paf, il fait un vol plané et se fracasse contre un parc-mètre, ça lui apprendra à magouiller. Je me prends pour le héros de « Zombies apocalypse ».

J'arrive à la gare routière avec dix bonnes minutes de retard. C'est plutôt calme compte-tenu de tout ce qui se passe en ville. J'aperçois mes Bulgares arrêtés devant une aubette[1], un vieux truc de

---
[1] Abri-bus à Nantes.

chauffeur de bus slave pour éviter d'avoir à payer la taxe du parking de la gare.

Je me stoppe à quelques mètres du groupe, jette un coup d'œil pour vérifier que la famille n'a pas été zombifiée : curieusement non, mes Bulgares discutent tranquillement dehors comme si de rien, j'aperçois même un petit set de pique-nique, tables et chaises dépliées à même le trottoir, une femme prépare une salade de tomates et de concombres alors qu'une autre râpe du fromage. Je vais à leur rencontre, il faut faire vite avant que les morts-vivants ne rappliquent, mais mes joyeux lurons n'ont pas l'air pressés.

— Dobeurrrr Den[2] ! me lance Diana, la future belle-mère de ma frangine.

J'essaye de me souvenir des bases de cette langue :

— Dobré Douchli veuf Franssiya ![3] réponds-je.

Me voilà à saluer toutes les personnes : Yvan, le père du marié, qui doit faire son quintal, me broie la main, Vassil, le frère, crâne rasé et ventre rond, me serre dans ses bras, Vania, sa femme, me donne un cadeau pour ma sœur, Victoria et Miroslav les enfants se cachent derrière baba Calina et diado Yordan, les deux grands-parents qui me servent déjà un verre de rakiya dans un gobelet en plastique. Impossible de refuser le verre de l'amitié, je trinque -

---

[2] Bonjour !

[3] Bienvenue en France !

Nasdravé ! - et l'eau de vie bulgare coule dans ma gorge. Arghh ! Après avoir bu ça, je peux me recycler en cracheur de feu. Après ça on n'est plus le même homme c'est sûr.

— Mikaelé... ?

La voix suave de Galena me caresse les oreilles. Elle est encore plus belle que dans mes souvenirs, dans une mini-jupe déconseillée en France, par contre tout à fait banale en Bulgarie, juchée sur des talons immenses. Son sourire me fait fondre. Heureusement pour moi elle parle un français très correct.

— Bonjour Galena... vous avez fait bon voyage ?

— Oui, deux jours, nous sommes un peu fatigués.

— Il faut que tu dises à ta famille que nous ne devons pas rester ici, il faut venir chez moi maintenant.

Galena commence à traduire à ses parents, le père hoche la tête en signe d'acquiescement et je me propose de les aider à débarrasser. Mais la mère me pose la main sur l'avant-bras :

— Tryabva da yadene, sidni touk[4].

---

[4] Il faut manger. Assieds-toi ici.

Le père pèse sur mes épaules et je m'assieds, j'ai encore oublié qu'en bulgare le hochement de tête du oui de chez nous, veut dire non chez eux. Je me trouve assis sur une chaise de camping qui en a vu d'autres. Vania s'empresse de couper des rondelles de krastavitsti[5] et de domati[6] avec des morceaux de kachkaval[7] bien que le saladier soit encore à moitié plein. Voyant que mon verre est vide, Yvan me ressert de la rakiya. Nasdravé[8] ! Le second verre c'est Pompéi le jour de l'éruption du Vésuve, le nuage ardent de la Montagne Pelée, Hiroshima le 6 août 1945. Les zombies peuvent venir, je suis paré maintenant ! Vassil met de la musique, j'entends Champs Elysées de Joe Dassin, les Bulgares reprennent le refrain en chœur, ils adorent Joe Dassin. Vassil, une main sur l'épaule me demande :

— Champs Elysées ... la Tour Eiffel ... Hein ?

— Comment ?

— Ils veulent aller à Paris, dit Galena.

— Paris ! Bah c'est pas pour demain !

---

[5] Concombres

[6] Tomates

[7] Fromage typique bulgare, style gouda.

[8] A ta santé !

Diado Yordan comprend le mot "demain" et s'exclame :

— Demain ? Dobré[9] !

Alors que je veux leur expliquer que Paris est à 300 km et que c'est dur de faire l'aller-retour, je vois un pompier qui court vers nous, encore casqué, mais dont le regard féroce indique qu'il a été converti au zombiisme. Il se jette sur Yvan en grognant mais celui-ci, un kachkaval dans la main, a le réflexe de lever son bras pour se protéger et voici que le zombie mord dans le fromage. Le mort-vivant se fige inexplicablement, incapable de rouvrir sa bouche. Bizarrement, le monstre s'éloigne de notre groupe.

— Loud tchouvek[10] ! commente Yvan.

Difficile d'expliquer aux Bulgares ce qui se passe, ce serait moi qui passerait pour le fou du coup. Je ne m'explique pas l'attitude étrange du zombie avec le kachkaval. Peut-être une réaction bio-chimique qui modifierait le comportement des morts. Qu'en sais-je... je suis pas biochimiste, ni neurologue, ni ... d'ailleurs c'est quoi le scientifique qui s'occupe des zombies ? Un zombinologue ? Faudra que je demande à mon pote François qui travaille à l'université.

---

[9] Bien !

[10] Fou ce mec !

Il est temps de mettre en sécurité le groupe, mais je doute pouvoir mettre huit personnes dans ma ford, je leur propose d'aller voir un loueur de voitures à la gare. Le portable de Galena sonne, elle répond et me passe l'appareil.

— C'est votre sœur.

La voix stressée de ma frangine agresse mes oreilles :

— Mais enfin Mickaël tu fous quoi ? Pourquoi tu les as pas déjà amenés au château ?

— T'as pas vu ce qui se passe en ville ? Je fais ce que je peux. Pour l'instant je les emmène chez moi. Le château c'est trop compliqué, on verra si ça se calme.

Ma sœur crie :

— Non mais c'est pas possible... je me marie dans deux jours , dans deux jours t'entends ? Alors il faut qu'ils viennent au château pour m'aider à tout organiser, car c'est pas avec des « glandus » dans ton genre sur lesquels je peux compter, dans ma propre famille. D'autant que maman n'arrive que demain et que cousine Cécile est de garde à l'hôpital, c'est moi qui m'occupe de toute la logistique, tu m'entends ! À mon propre mariage je dois encore m'occuper de tout ... !

— Calme-toi Nadège, pour l'instant on va chez moi et après je te promets que je vais m'arranger pour t'amener ta belle-famille.

En raccrochant, je me dis qu'il est plus que temps de détaler et incite les Bulgares à me suivre vers la gare toute proche en priant qu'il n'y ait pas de zombies là-bas et des véhicules disponibles.

CHAPITRE 4
LOUEZ SANS FRANCHISE

Quittant l'arrêt de bus, en quête d'une location de voiture, mes Bulgares et moi-même nous dirigeons vers la gare ferroviaire à deux pas d'ici. Je suis étonné qu'il y ait encore du monde non zombifié sur le parking devant l'entrée. Il faut dire que l'accès sud est situé dans un quartier non résidentiel. Des gens sortent en désordre de la gare, beaucoup se disputent pour emprunter les rares taxis présents, d'autres se mettent à courir comme des dératés. Quelques gendarmes coordonnent l'évacuation, je me dis qu'enfin les autorités ont pris la mesure de la situation et vont désormais assurer la sécurité. Je parle au brigadier débonnaire :

— Bravo, je suis content de voir que nos forces de l'ordre protègent la population de tous ces zombies.

— On a réactivé le plan vigipirate, des fauteurs de trouble ont envahi le centre-ville, on craint en haut-lieu une attaque terroriste.

— Quoi ? Les zombies ont déjà envahi le centre-ville !

— J'connais pas le nom du groupe de dissidents qui dirige les manifestants, mais on est là pour assurer votre sécurité. Circulez.

J'hallucine, la ville est pleine de morts-vivants, et c'est tout ce que les autorités nous offrent comme service d'ordre pour nous protéger. Ils ne savent même pas que ce sont des zombies. Comme le gars n'est pas une lumière, je renonce à obtenir de plus amples informations et me contente du côté pratique :

— Pouvons-nous entrer dans la gare ?

— À fortiori ... oui, l'armée occupe la gare nord, son accès est interdit pour le moment.

Je fais entrer mon groupe de Bulgares dans le hall de la gare. Sur le tableau la plupart des trains sont indiqués "Annulés" et la douce voix automatique résonne en détaillant les départs et arrivées qui n'auront pas lieu.

Galena me traduit les questions d'Yvan :

— Pourquoi les gens sortent tous du hall de gare ?

Pour ne pas les affoler je réponds :

— La gare ferme à cause d'une grève, mais nous, nous ne prenons pas le train, rassurez-vous.

En nous dirigeant vers l'agence de location de voiture, nous passons près des escaliers menant au tunnel d'accès aux quais, d'où résonnent des bruits de mitraillette et des cris inquiétants. Galena traduit les interrogations de Diana :

— Que sont ces bruits ?

— Heu... c'est le carnaval en ville.

Nous voici au guichet du bureau de location. Je me dis qu'il faut vraiment faire vite. Heureusement l'employé est demeuré à son poste. Pour une fois, je bénis le chaos français : dès qu'il s'agit d'une situation d'urgence gérée par des fonctionnaires. Et en effet, le guichetier fait comme si de rien n'était : ou il a des nerfs d'acier et un dévouement inébranlable, ou il n'est au courant de rien. À voir son sourire commercial, j'opte pour la seconde possibilité.

— Bonjour Messieurs Dames.

— Bonjour, nous aimerions louer un van pour huit passagers, et assez vite s'il vous plaît, nous sommes très pressés.

— Nous sommes à votre service Monsieur, alors... voyons, voyons, voyons... ah ! Nous avons plusieurs minibus à vous proposer : Mercedes Vito, Peugeot Expert, Opel Vivaro. Le Mercedes est plus confortable, il est doté d'une télévision écran plat, lecteur dvd, et d'un petit bar.

— Très bien celui-là, ça me va.

— C'est pour quelle durée ?

— Pour une semaine, à partir de maintenant.

— Alors... ah ! Le Mercedes Vito sera disponible à notre agence du centre-ville demain à partir de 9 heures...

— Ça va pas être possible, j'ai besoin d'un minibus maintenant et à votre agence ici !

— Oui oui, le client est roi. Alors... le Peugeot Expert est disponible. Par contre il faudra le ramener dans trois jours car il est réservé.

— C'est pas grave, je le prends.

— Vous êtes sûr ? Il a pas le minibar mais il a le wi-fi. Donc c'est parti... j'ai besoin de votre carte d'identité et de votre permis, vous avez plus de 25 ans ?... Parfait. Ah, et aussi un justificatif de domicile.

Tonnerre ! Le fameux justificatif de domicile, comme si louer un véhicule c'était une affaire d'état. Je fouille dans les poches de ma veste, ouf ! J'ai gardé la lettre de l'huissier avec la photocopie d'une facture qui comporte mon adresse. Je donne toutes les pièces, j'espère obtenir rapidement les clefs et partir d'ici au plus vite.

— Alors combien de conducteurs ?

— Juste moi.

— Remplissez ce formulaire... Vos amis, ils sont de quelle nationalité ?

— Ils viennent pour le mariage de ma sœur, c'est la belle-famille bulgare.

Au mot "bulgare", le loueur fait une drôle de tête, puis rétorque d'un air soupçonneux caché derrière un sourire crispé :

— Bulgares ... ah ! Vous pouvez leur demander leurs pièces d'identité s'il vous plaît, je fais juste quelques photocopies par sécurité... Merci, je vous les redonne de suite. Je quête les pièces d'identité des bulgares car je n'ai pas le temps d'entrer dans une polémique avec ce con de raciste et les lui tend en ajoutant :

— Oui, parce que ça commence à être long, là.

— Ne vous inquiétez pas, nous avons bientôt fini. Alors j'ai plusieurs forfaits à vous proposer : le forfait 800 km avec assistance 24h/24, et assurance conducteur à 39,99 euros par jour, le forfait 500 km à 34,99 euros, et le forfait kilométrage illimité à 59,99 euros.

— Le 500 km ira très bien. Bon c'est pas le tout mais l'heure tourne et ...

— Je vous propose évidemment le *supercover* avec une majoration infime de 12,99 euros par jour, il s'agit d'une assurance qui vous couvre contre les accidents, le vol, et annule la franchise.

— Oui oui je prends aussi, allez...

— Voilà, voilà, alors... une signature ici et là... donc nous disons forfait classique 500 km minibus

Peugeot Expert 8 personnes un seul conducteur supercover 3 jours début de location à 13h aujourd'hui et fin de location dans trois jours ramener le véhicule avant 11h, cela nous fait 144 euros hors taxe, ce qui nous fait 251 euros TTC. Á cela s'ajoute l'assurance débris de glace à 9,99 euros non compris dans le forfait, plus la location du GPS, nous arrivons à un total de 302 euros. Vous avez une carte pour la garantie ?

— Oui la voici.

L'employé met la carte dans son appareil, je mets le code, mais après quelques secondes il me déclare d'un air dépité :

— Carte refusée.

Nom de Zeus ! Je dois encore être à découvert. Un coup de ce salopard d'huissier, des agios sur mon dernier découvert, ou un chèque que j'ai oublié, et voilà ma carte bloquée.

— Ima li problem[11] ? demande Vassil en s'approchant.

Avec son crâne rasé, et ses tatouages sur de gros bras musclés, Vassil impressionne le loueur qui semble rapetisser derrière son bureau.

— Vous êtes de la mafia ou quelque chose comme ça ? s'enquiert le loueur. Vassil qui a entendu le mot "mafia" répond non de la tête, mais

---

[11] Y a-t-il un problème ?

comme chez les Bulgares le non est un hochement de tête de haut en bas, le loueur croit que Vassil confirme. Le loueur semble se décomposer. Un mort-vivant ne l'aurait pas plus effrayé.

Je prends Vassil par le bras et l'entraîne vers le groupe.

— Kakeuf problem[12] ? insiste Vassil. Les autres s'en mêlent, je n'ose avouer à ma traductrice Galena les ennuis financiers que j'ai. J'essaye de les rassurer en leur disant qu'ils ont un ennui informatique et que je vais tout arranger. Le père du marié propose de payer en liquide la garantie demandée. "Nyama problem" me répète-t-il, il n'y a jamais de problèmes pour les Bulgares et c'est à grand peine que je l'empêche d'aller vers le loueur pour le lui proposer.

Pendant notre discussion, une porte sur laquelle est écrit "Privé" s'ouvre derrière le bureau du loueur et surgit un employé SNCF avec un œil qui pend hors de son orbite et le teint livide, il se jette sur le loueur et le mord dans le cou. Je m'aperçois de cette bagarre et j'essaye de prévenir mon groupe du danger mais ceux-ci ne s'aperçoivent de rien tant ils sont engagés dans une discussion animée au sujet de la location de véhicule et des manières de faire étranges des Français. Je continue à observer ce qui se passe dans le bureau de location. Le loueur est tombé à terre, certainement mort, et le zombie SNCF

---

[12] Quel problème ?

se retrouve nez à nez avec un jeune footeux au tee-shirt rayé jaune et vert de l'équipe locale. Effrayé, le jeune se met à détaler dans la gare, poursuivi par le zombie avec des grognements de bête féroce. Les Bulgares se retournent et nous nous rapprochons du guichet. Le loueur se dresse face à nous, son tampon à la main, ses yeux sont vitreux, sa peau est rouge vif, il semble bouillir de l'intérieur, et tamponne frénétiquement le contrat de location. Je prends le contrat et incite les Bulgares à s'éloigner rapidement. Galena s'approche de moi en chaloupant et m'interroge :

— Tout est ok ?

— Oui oui, mais je dois encore faire l'état des lieux du véhicule, ça va prendre un petit quart d'heure, allez au bar en m'attendant.

— Dobré, me répond Galena.

Je les accompagne jusqu'au café de la gare. Je regarde à l'intérieur par la vitrine, le lieu est désert. C'est parfait, je les installe aux tables et referme la porte de verre. C'est un endroit idéal pour m'attendre.

La gare est déserte maintenant, les gendarmes ont l'air d'avoir quitté les lieux, le bruit des tirs a cessé. Il y règne pourtant un silence inquiétant. Je retourne vers le bureau de location en me demandant comment je vais faire pour récupérer les clés du minibus. Devant la vitrine, je vois le loueur zombifié titubant à l'intérieur. Quand il m'aperçoit, il rugit et se fracasse contre la vitrine. C'est pas gagné. Mon téléphone sonne, je vois le nom de ma sœur, désolé frangine, pas le temps de répondre. Pour berner la créature, je me place brusquement sur l'angle de l'agence afin de l'attirer dans un coin, puis je me mets à quatre pattes pour passer au niveau de la banderole basse, évitant de me faire repérer.

— Il n'y a pas de serveur au bar, me lance Galena depuis la porte du café.

Je réponds tout en avançant dans ma position scabreuse :

— Pas de problème, ils sont en grève, prenez ce que vous voulez.

— Ah ! Da, dobré !

Elle referme la porte au moment où j'arrive à celle de l'agence. Je me relève lentement, jette un coup d'œil à l'intérieur. Parfait, le zombie est de l'autre côté, les yeux rivés sur l'extérieur. J'en profite pour marcher à pas de loup vers le tableau des clés. Je repère celles du minibus et pose délicatement ma main afin de ne pas faire de bruit. Tout à coup mon portable sonne à nouveau avec une musique agressive, cette fois c'est mon ex. Le zombie tourne la tête dans ma direction, décidément elle m'aura pourri la vie jusqu'au bout celle-là ! J'ai les clés en main, mais le zombie court jusqu'au bureau. Heureusement pour moi, il ne le contourne pas, il essaye de l'escalader pour m'atteindre. Je lui lance une agrafeuse à la figure, cela le retarde, tout en le rendant plus furax encore. Me saisissant du lecteur de carte bancaire, je le frappe et lui brise quelques dents, enragé à l'extrême et monté sur le bureau, il commence à m'attraper par les épaules, je m'esquive en enroulant le fil du lecteur de carte autour de son cou, ce qui le fait tomber par terre. Je coince la machine avec le pied du bureau et voilà le mort-vivant s'étranglant avec le fil et immobilisé pour un long moment. Ouf ! Je vais pouvoir décamper. Soudain, dans les haut-parleurs de la gare :

— Le train TER en provenance de ... Ancenis ... et en direction de... La Baule... entrera en gare quai numéro 3 ...

Et effectivement le bruit caractéristique d'un train en gare s'entend depuis le tunnel.

Comment ça un train qui arrive ? Je croyais que l'armée avait tout bloqué. Le train est arrivé, et une vaste et lugubre clameur se fait entendre, ainsi que les pas d'une course folle dans le tunnel. En bas des escaliers, j'aperçois les premiers passagers du train : le tunnel vomit une horde de zombies ! Je me précipite à l'intérieur du café. Sans regarder où en sont mes Bulgares, je baisse les stores et ferme la porte à clé. Je reçois un SMS de ma sœur : "Kestufou ?!"

CHAPITRE 5
GARE AU COCKTAIL ZOMBIE

Inutile de dire que les messages de panique de ma sœur n'ont fait qu'augmenter la mienne. Nous sommes prisonniers d'un aquarium, tels des poissons de décoration, livrés à la curiosité des zombies. Curiosité malsaine et morbide.

Malheureusement seule la moitié est fermée par des stores, alors que sur l'autre façade, des visages hirsutes et sanguinolents de zombies s'éclatent comme des pastèques.

Vassil éclate de rire et dit :

— Tova e mnogo zabavno vi karnaval[13] !

Galena n'a pas besoin de me traduire les appréciations de ses compagnons. Pourvu que ça dure, parce que moi, je ne trouve pas ça drôle du tout, mais il faut donner le change, alors je réponds :

— Oui chez nous c'est une tradition typique de la région nantaise.

Diado Yordan vient en titubant près de moi, me prend par les épaules et me propose un verre de bière en me disant :

---

[13] C'est un carnaval très rigolo.

— Piye Piye[14] !

Je regarde Galena avec des yeux de chien battu ; elle me traduit :

— Le grand-père veut que tu boives.

Je m'aperçois alors qu'ils sont tous ivres. Je sais que refuser un verre est une offense pour un Bulgare alors je l'accepte et le vide subrepticement dans une plante derrière moi, il faut bien que quelqu'un reste lucide dans toute cette histoire. Une question me taraude :

"Combien de temps tiendront les vitres face à la pression des zombies !"

Je n'ai pas le temps de répondre que le téléphone sonne. C'est Véro, mon ex. Merde, mes gosses, avec toute cette agitation, j'avais oublié. Pas elle, on dirait qu'elle vit sur une autre planète.

— Tu fous quoi !? J'attends toujours les enfants et comme d'habitude on ne peut pas compter sur toi ! Je sais pourquoi j'ai divorcé...

Elle continue ses récriminations dans le vague, parce que j'ai posé le portable sur une table, lorsque je vois la porte d'entrée s'entrouvrir sous la poussée d'une horde de zombies. Il faut sortir, mais comment ne pas se faire bouffer ? Décidément mes questions restent sans réponses ; au même moment, un

---

[14] Bois, bois.

personnage qui fait secrétaire de bureau, sort de sous le bar, tremblant de peur.

Vassil le prend par les épaules et lui propose un verre de rakiya pour le requinquer, parce qu'il le croit malade vu qu'il est blanc livide de peur. Aussitôt avalé, le pauvre change de couleur pour passer au vermillon. J'aperçois un charognard qui s'est subrepticement glissé par l'interstice de la porte en laissant derrière lui la moitié d'une jambe et sa main gauche. Je n'ai pas le temps d'avertir le pauvre secrétaire que le zombie lui bondit dessus et le mord au mollet comme un molosse affamé. J'assiste alors à un phénomène très intéressant malgré l'horreur de la situation. Après avoir mordu sa victime, le zombie se désagrège pour ne laisser sur le sol qu'un petit tas de poussière. Heureusement Vassil est parti se servir sa énième bière derrière le bar tandis que les femmes discutent entre elles. N'y a-t-il que moi qui me rende compte de la réalité ?

Je cogite sur cette combustion subite de zombie, je pense aux films de vampires, mais le jeune homme n'a pas mangé d'ail ! D'ailleurs les Bulgares n'ont que du kachkaval et de la rakiya. Et soudain une lampe s'allume dans mon cerveau. *Eureka*, j'ai trouvé ! Le gars vient de boire de la rakiya. Peut-être est-ce ce breuvage qui est fatal aux mort-vivants. Peut-être la rakiya fait-elle office d'eau bénite. Et si j'en aspergeais un ou deux pour voir ?

Je me sers un petit verre et me dirige vers la porte d'entrée qui s'ouvre de plus en plus sous l'avancée des mort-vivants grimaçants. Je jette le contenu du verre sur les moitiés de zombies coincés entre dedans et dehors. On se croirait chez Merlin l'Enchanteur, car soudain dans un plop, une dizaine de morts se désintègre, recouvrant le sol de poussière. Je vous raconte pas le travail de la femme de ménage lundi matin ! Du coup la pression sur la porte est allégée. On gagne un précieux répit, d'autant que je vois que les autres zombies semblent dépités par la destruction des leurs.

Le secrétaire va mal, il est assis sur une chaise, en sueur, je le touche et m'aperçois qu'il a une forte fièvre et sa plaie est noirâtre, c'est mauvais. Si j'en crois la série « Walking Dead », le gars va se transformer en créature sous peu. C'est alors que Vassil lui applique une immense claque dans le dos qui abattrait un ours en lui disant :

— Né sté li po dobré[15] ?

Le pauvre homme aurait bien de la peine à répondre étant donné que sous la violence du coup, sa chair s'est décomposé et ses os tombent sur le sol en un bruit cristallin, mais il continue à bouger comme des vers de terre. Quelques gouttes de rakiya et une poussière de plus !

Vassil demande :

— Keudé é toille ?

---

[15] Vous n'allez pas mieux ?

Heureusement, avec un sérieux coup dans le nez, Vassil se désintéresse rapidement du secrétaire.

Je récupère mon téléphone, mon ex est toujours au bout du fil, plus furax que jamais :

— Dis-donc tu ne m'écoutais pas là ? Tu ne m'écoutes jamais d'ailleurs ! Tu ne t'intéresses qu'à toi ! Bon, puisque t'es toujours pas allé chercher les enfants, c'est moi qui m'y colle, mais j'te préviens : ça va te coûter cher, le juge va recevoir une lettre bien gratinée !

— S'il te plaît Véro, calme-toi... dehors ça craint, je te déconseille de sortir c'est vraiment dangereux... non je dis pas ça pour me foutre de ta gueule ! ... Écoute Véro... L'armée protège l'école, on peut pas y entrer ... Oui l'armée... des soldats avec des fusils... Ben si, c'est la guerre Véro...

Sur cette tentative désespérée de lui faire entendre raison, Véro raccroche brusquement. Elle a toujours été comme ça Véronique : quand on veut la raisonner elle s'empêtre dans la contradiction.

Je m'assois et me mets la tête entre les mains, je dois réfléchir : il y a un van sur le parking à une centaine de mètres de là, j'ai la clé de contact, mais nous sommes assiégés par des centaines de zombies, et il faut que j'arrive à emmener sain et sauf un groupe de Bulgares de tous âges.

— Mikele, stava li[16]?

---
[16] Mickaël ça va ?

La voix douce de Galena me réconforte. Je relève la tête, la belle bulgare est devant moi, légèrement inquiète de me voir soucieux.

— Oh quelques ennuis, rien de grave...

— Des problèmes avec ton ex-femme ?

— Oui, entre autres...

— Tu as de beaux enfants, ta sœur se marie demain, tu es en bonne santé... c'est ce qui compte, na li[17] ?

— Merci.

Sur ce, Galena me passe la main dans les cheveux en guise d'amitié, et plus si affinités... Je me laisse aller un peu, puis je me lève brusquement, pas le temps pour la gaudriole, je dois agir.

Je me pose des questions au sujet de l'effet rakiya : est-ce le liquide, l'alcool ou seulement la rakiya qui détruisent les zombies ? Ce serait bien que ce ne soit pas la dernière solution : mes chers Bulgares n'ont pas une réserve infinie de rakiya... quoique...

Je vais derrière le bar, pousse Yvan et Vassil qui se servent allègrement dans la vodka et la bière, puis m'arme d'eau minérale, et de whisky de marque. Par l'entrebâillement de la porte, j'asperge des morts-vivants et attend que les breuvages les rongent. Et... rien, mince alors les zombies y sont insensibles. J'essaye aussi du coca : la fumée que le contact du

---

[17] N'est-ce pas ?

liquide noir sur la peau d'une mégère vorace me donne de l'espoir... hélas le coca gonfle les muscles de la morte-vivante, ses veines prennent une teinte ébène, de la fumée lui sort par les narines; elle saute sur place avant de commencer à frapper la vitre avec ses poings en hurlant. Comme le verre se fissure, je retourne vite au bar : je prends du café, de la Kro et du Grolleau. J'en jette sur la bonne femme : elle se décompose au contact du Grolleau, mais pas des deux autres. Je me dis que c'est peut-être le vin, alors je vais chercher un Côte-du-Rhône et un Muscadet. Là, l'effet est moindre qu'avec le Grolleau et la Rakiya, mais pas inexistant : ceux-ci tétanisent les zombies sur place. Après avoir essayé à peu près tous les liquides du café, je m'aperçois que les boissons de marque ne sont point nocives, peuvent même aller jusqu'à augmenter les forces des décharnés, tandis que les produits les plus singuliers sont mortels pour les rôdeurs, mortels si j'ose dire ! Je pense à mon pote qui travaille dans un labo, il va falloir que je lui rende visite.

Je m'arme donc de bouteilles de Grolleau que je mets dans les poches de ma veste. Je me sens comme un cow-boy à l'entrée d'une ville hostile. Une musique retentit de la chaîne-hifi : c'est Vania, la femme de Vassil qui a mis de la musique folklorique bulgare et qui commence à danser avec sa belle-mère Diana, main dans la main, puis avec Diado Yordan, Baba Calina, et les enfants, tous en ligne, un peu à la manière des danses bretonnes. Au début, je m'inquiète du raffut provoqué par la musique : je crains que cela n'attire plus de zombies vers notre café. Pourtant, je remarque qu'il n'y a plus de morts collés à la vitre. Je m'aperçois que la musique les a même éloignés. Elle semble agir comme un repoussoir. Voilà la solution !

Je demande à Galena de mettre de la musique sur son i-phone et de préparer les autres à sortir. Je leur dis que pour le carnaval, rien ne vaut une petite démonstration de danse folklorique bulgare. Alors nous sortons ainsi, dansant main dans la main, dans le hall de la gare. Je reprends ma respiration : espérons que les morts ne vont pas quand même se jeter sur nous. Autour de nous, les zombies sont heureusement transis et perplexes, ou complètement paniqués. Ainsi pouvons-nous aller sans encombre vers les portes automatiques. Un commercial en costard avec les yeux injectés de sang n'a pas l'air d'avoir peur de la musique, peut-être était-il de son vivant un ennemi acharné des folklores. Je l'asperge de Grolleau et celui-ci prend feu instantanément et s'écroule en cendres, un peu comme un vampire tué dans un épisode de « Buffy ». Nous arrivons sur le parking, là où l'agence de location gare ses véhicules. Je trouve le Van, le déverrouille et incite tout le monde à entrer dedans, presto. Nous perdons du temps à charger les valises, je suis anxieux de voir la horde revenir, alors je fais le guet, ma bouteille à la main.

Soudain, la musique sur le i-phone de Galena change de style : maintenant c'est du Justin Timberlake. Une onde de grognements se propage autour de nous. Les zombies semblent se réveiller et braquer leurs têtes vers nous, avant de s'élancer dans notre direction. Je rentre dans le van, ferme la portière et démarre en trombe, Galena assise à côté de moi, les autres sur les banquettes derrière. J'écrase une bande de Jeunes Socialistes cannibales, la casquette à la rose rouge encore fichée sur leurs têtes de branleurs, nous nous éloignons, direction mon appart.

CHAPITRE 6
NE JETEZ PAS LA PIERRE À LA FEMME ADULTÈRE

Nous roulons à forte vitesse à travers les rues de la ville. Nous croisons des centaines de rôdeurs affamés qui courent. Les vivants se raréfient. Au loin, j'entends des bruits d'explosion et des tirs d'armes automatiques. J'évite de passer par le centre vu que je sais qu'il y a des combats là-bas. Galena est un peu effrayée à la vue des gens, j'essaye de la rassurer en m'en tenant à l'histoire du carnaval, mais je sens qu'elle n'est pas dupe et se pose de plus en plus de questions. Derrière, par contre, l'ambiance de mes Bulgares est au beau fixe : ils rient de bon cœur. Comme tout à l'heure la musique avait tantôt repoussé, tantôt attiré les zombies, je m'amuse avec la radio à tester les différentes chansons. Sur une première station, j'entends un duo David Guetta avec un rappeur, je monte le son et ouvre ma vitre. Aussitôt les zombies se précipitent vers moi avec une rage inégalée. Je change de station : une musique de Lann Bihoué en live à l'interceltique de Lorient, cette fois les morts s'arrêtent net avant de reculer ou de fuir. La station suivante, c'est un p'tit minet de The Voice, ça relance carrément l'assaut. Après moult essais, je m'aperçois que ça marche comme les boissons : plus c'est international et commun, plus ça les excite, plus c'est local et authentique, plus ça leur fait mal. À la fin je mets carrément un disque de Tchalga bulgare et on peut rouler tranquille.

Je reçois un énième SMS de ma sœur en furie qui m'enjoint d'amener mon petit monde à la salle des fêtes immédiatement sous peine de graves représailles. Mais comme je trouve ma sœur moins dangereuse que les zombies (encore que), je préfère amener tout mon petit monde en urgence chez moi. Au moins je suis sûr de la route, et je pourrai faire le point sur l'itinéraire jusqu'à la salle des fêtes et avertir mon pote laborantin qui habite à deux pâtés, à côté de chez moi. De plus les Bulgares ont déjà commencé la fête, ils n'ont pas besoin de salle pour ça.

Je me gare à nouveau devant mon immeuble. Le voisin du dessus gueule encore ! Cette fois ça suffit, il a pas autre chose à faire que de m'emmerder ? Surtout un jour pareil ! Je lui signifie d'un geste vulgaire que je désapprouve son attitude. Il m'insulte. Pourvu qu'un zombie lui fasse la peau. Nous descendons du van avec les bagages. Devant la porte en bas, voilà que j'ai encore oublié mon digicode. Décidément c'est la journée.

J'interpelle le voisin toujours adossé à sa fenêtre :

  — C'est quoi le code ?

  — Va te faire f.... p'tit con !

— Bon, veuillez m'excusez, nous avons pris un mauvais départ... vous pouvez quand même me donner ce code, je suis votre voisin, vous ne l'ignorez pas ...

— Crève charogne !

Je n'arrive pas à raisonner mon voisin qui prend un malin plaisir à me laisser dans la rue, alors que les morts peuvent attaquer d'un moment à l'autre. Je décide de changer de tactique : j'appuie un à un sur tous les boutons de l'interphone pour trouver un voisin plus compréhensif. Malheureusement la plupart ne sont pas là, ils sont partis au boulot ce matin et à présent ils se cachent quelque part, ou courent dans la rue pour bouffer quelqu'un d'autre. En désespoir de cause, j'appuie sur "DURAND", sachant bien que je n'ai pratiquement aucune chance avec ma voisine du dessus. Elle répond :

— Ouiiiii ?

— Excusez-moi Madame Durand, je suis votre voisin du dessous, j'ai oublié le nouveau code de la porte, ce serait sympa de votre part de me permettre d'entrer.

— Mais ouiiii !

Contre toute attente, celle-ci déclenche l'ouverture. Ouf ! Nous entrons dans l'immeuble et montons les marches jusqu'à mon pallier. J'ouvre et les fais tous entrer, leur disant de faire comme chez eux, il y a à manger dans ma cuisine et ils peuvent utiliser ma salle de bains. Au moment où je vais fermer ma porte, ma voisine m'appelle du haut de son étage :

— Monsieur Janvion ? Veeeeneeez ...

Sa voix est étrangement douce et sensuelle. D'habitude elle est compassé. Mais bon, elle n'a pas l'air zombifiée, je ne risque pas grand chose d'y aller. Je confie les Bulgares à Galena en lui intimant l'ordre de ne pas sortir, ni d'ouvrir à quelqu'un d'autre que moi ou ma sœur.

Je monte jusqu'à l'étage de Madame Durand. La porte est ouverte, j'entre. C'est décoré style nouveau riche, murs blancs, tableaux à la Kandinsky, meubles Ikea, tout est sobre et lisse, mélange entre l'ambiance de l'hôpital et du bureau. Je m'avance dans le salon sans trouver personne :

— Madame Durand ?

Soudain, la voisine, vêtue d'une nuisette léopard, se précipite sur moi. Elle se colle à moi et me couvre de baisers, sa peau est brûlante, ses mains caressantes :

— Oh tu es venu ... tu as envie de moi je le sais...

Puis elle ne retient plus sa passion à mon encontre, ses mains déboutonnant mon jeans :

— J'ai envie de toi ... tu me donnes chaud ... oh qu'est-ce que je sens là ?...

En disant cela, elle se penche sur le canapé, me révélant un postérieur appétissant, et elle m'invite à l'honorer :

— Allez prends-moi petit salaud !

N'étant pas de bois, je me laisse aller au stupre et à la fornication. Qu'arrive-t-il donc à Madame Durand ? Sûrement le stress de la situation apocalyptique dans laquelle nous nous trouvons. Je vais et je viens de plus en plus fort, et la voisine pousse des gueulées qui doivent résonner dans tout l'immeuble. Soudain, elle est prise de convulsions, c'est que je dois lui faire du bien. Elle se fige et je m'aperçois que je suis coincé en elle, incapable de poursuivre ma quête vers le septième ciel, impuissant à pouvoir m'extraire. Elle serre trop mon hallebardier, j'ai entendu que ça arrivait parfois, la poisse ! Alors que j'essaye de me retirer en poussant de mes mains sur ses fesses, ma voisine tourne sa tête vers moi, les yeux révulsés et un grognement de chien enragé sort de sa bouche. Oh mon dieu, elle s'est transformée pendant que nous faisions l'amour ! Je m'aperçois, mais un peu tard, qu'elle a une morsure noirâtre sur l'avant-bras. Elle essaye de se tourner pour me mordre, mais étant figé derrière elle, je parviens à éviter ses attaques. Me voilà dans de beaux draps !

Alors que j'essaye de trouver un moyen pour échapper à la bourgeoise zombifiée, j'entends quelqu'un qui marche dans le couloir d'entrée, pourvu que ce ne soit pas un autre décharné ! Entre alors dans le salon son mari, un officier à la retraite, l'air aussi stupéfait que moi.

— Mais... qu'est-ce que vous faites ?

Je lui aurais bien répondu que ça se voyait, mais je doute qu'il ait le sens de l'humour.

— Monsieur, ce n'est pas ce que vous croyez ... je vais vous expliquer...

J'aurais jamais dû dire ça, le pauvre homme aura du mal à croire que sa femme n'avait plus toute sa tête après avoir été infectée par un zombie, et que je ne m'en suis aperçu que trop tardivement. Le mari commence à laisser éclater sa colère :

— Et toi Marjolaine, n'as-tu pas honte ?

— Grrrr, arghmmmpfff !

— Allez vas-y, continue, prends ton pied avec le premier venu, c'est ça, humilie-moi devant ton amant ! Salope !

— Monsieur, je vous jure ...

— Oh vous le p'tit con, sortez immédiatement de ma femme !

Hélas, je ne puis, en plus je me sens très con comme ça, le jeans baissé, avec la femme adultère zombifiée qui se balance de gauche à droite ou de haut en bas pour essayer de me mordre, et qui au bout du compte donne l'impression à son cocu de grimper aux rideaux. Tout à coup, je m'aperçois que le mari est parti dans une autre pièce. Quand il revient, il est armé d'un pistolet, certainement chargé, les militaires ça ne néglige pas ce genre de détails.

— Marjolaine je vais te tuer !

— S'il vous plaît Monsieur Durand, reprenez-vos esprits ...

— T'as raison je vais te tuer d'abord petit salopard !

Le gars pointe son flingue vers moi, je pense que je vais mourir. Sa femme pousse des grognements dignes d'un ours polaire en rut. Elle fixe son attention sur son mari, semblant éprouver comme un zeste d'affection pour lui. L'homme tombe à genoux en pleurs et tend les bras vers elle :

— Oh ma chérie pardon, pardon !

— Non Monsieur, mauvaise idée, écartez-vous !

Elle se traîne jusqu'à lui, il veut la prendre dans ses bras, elle s'agrippe à lui et le mord dans le cou avec la force d'une hyène. Le type hurle de douleur, incapable de se dégager et se fait bouffer. Par bonheur pour moi, le conduit où je suis bloqué se desserre enfin, je peux me retirer d'elle sans dommage. Mais me voilà face à une zombie sexy mangeant un pauvre homme, futur mort-vivant d'ici quelques secondes, et le pistolet est toujours dans sa main. En même temps, mon téléphone portable sonne, c'est encore mon ex-femme, pas le temps de répondre désolé. Décidément les femmes veulent ma perte.

La zombie tourne la tête vers moi, son regard est mauvais, son visage barbouillé de sang, et dire que je l'ai trouvée attirante. J'attrape une sculpture artistique en métal, peinte en vert et orange vif, parce qu'avec sa forme de plug anal, c'est l'instrument contondant le plus proche que je trouve pour le moment. Je l'expédie à la figure de la femme et saute à terre en direction du pistolet. Je veux le prendre mais le mari est à son tour pris de convulsion et la femme se reprend, lui rampant dessus façon The Grudge pour essayer de me croquer. Quand je tiens enfin l'arme, le mari resserre ses doigts dessus et je dois me battre avec lui pour la lui arracher. Au final, un coup de feu retentit, la balle atteint la tête de Madame Durand qui s'écroule définitivement morte. Ah oui ! Le fameux "balle dans la tête" des zombies, c'est vrai ! Je parviens à braquer le pistolet sur la tempe de Monsieur Durand et lui loge une seconde balle à l'intérieur du crâne.

Quand je sors de leur appartement, je m'aperçois avec horreur que les deux corps recommencent à bouger, et essayent de se relever. Je ferme la porte de leur appartement et redescends au mien. Foutus films de mort-vivants, pourquoi est-ce qu'ils disent autant de conneries ?

CHAPITRE 7
COMITÉ DE ZOMBIES D'ÉLÈVES

J'arrive à la porte de mon appartement, un huissier sonne et tambourine frénétiquement. Comment est-ce possible ? Quand il me voit, il me dit :

— Êtes-vous Monsieur Janvion Mickaël ?

— Heu... oui ... mais vous devriez rentrer chez vous ...

— Pas question, le devoir m'appelle, et en l'occurrence je dois vous signifier que vos créanciers réclament justice !

— Non mais ça va pas la tête ? Il y a des hordes de zombies affamés dehors et vous venez enquiquiner les pauvres gens ?

— Nous sommes dans un état de droit, je suis assermenté par l'état pour accomplir la noble mission de recouvrer des créances...

— Bon, laissez-moi entrer chez moi.

— Pas question, pas avant que vous ayez signé ce commandement de payer !

— Je vous emmerde Monsieur l'huissier.

— Ah ! Attention, n'aggravez pas votre cas avec un outrage !

À cet instant j'entends la porte de mes voisins du dessus s'ouvrir et les Durand qui descendent en courant. Je les vois déboucher par l'escalier, la tête trouée, couverts de sang. Madame est toujours en nuisette léopard, une zombie aussi dangereuse qu'un couguar. L'huissier se dresse devant eux, l'air suffisant :

— Je vous préviens, je suis un officier ministériel, j'ai le droit avec moi !

Pendant qu'ils se jettent sur l'agent étatique, je tambourine à la porte :

— Galena, ouvre-moi !

Heureusement Galena ouvre juste à temps pour m'éviter d'être victime de mes voisins. Je ne regarde pas l'huissier se faire massacrer, j'ai certainement obtenu un délai pour payer mes dettes. Je referme la porte et la verrouille. Ouf ! Je suis tiré d'affaire. Galena s'étonne de voir ma chemise tâchée de sang.

— C'est rien, j'ai saigné un peu du nez.

Du coup, je fais un brin de toilette. Quand je sors de la salle de bains, je trouve les hommes bulgares affalés dans le canapé à regarder le football sur ma télévision. Ils ne voulaient pas manquer les matchs du championnat anglais. Les femmes discutent autour d'une tisane. Je décide de rallumer mon ordinateur pour m'informer de ce qu'il se passe : à Paris, le gouvernement doit répondre à des attaques de la part des députés, on dénonce la censure, on demande des explications quant aux rumeurs d'épidémie et d'éventuelles attaques terroristes, un conseil des ministres doit se réunir en urgence, en attendant on suggère aux Nantais de rester chez eux et d'attendre. Les journalistes montrent l'armée française tout autour de la ville, bloquant les ponts, surveillant les berges de la Loire, et établissant des barrages sur les routes. Mais tout va bien, nous assure le commandant des forces de gendarmerie. À Washington, le président des U.S.A. parle de nous et déclare que l'Amérique est prête à nous venir en aide, mobilisant les marines et l'U.S. Air Force. À Moscou, Vladimir déclare qu'il va fermer les frontières avec l'Union Européenne. En Corée du Nord, le dictateur a décidé de braquer toutes ses ogives nucléaires dans la direction de Nantes, juste au cas où. Pfff, ça va pas fort en fait, si on meurt pas bouffés par des cannibales, ce sera par une décision militaire.

Je contacte mon pote François sur skype :

— Hé salut mon vieux, alors pas encore bouffé par un marcheur blanc ?

— Ben non, je suis toujours bien vivant. Sinon qui c'est qui te mettra une branlée sur Aliens versus Predator ?

— Bon, t'as vu ce qui se passe en ville ? lui dis-je plus sérieusement.

— Oui, c'est Walking Naoned aujourd'hui ! L'apocalypse. Tu te rends compte, en ce moment même ils bombardent le cours des 50 otages au napalm, c'est du délire !

— Écoute, j'ai découvert des tas de trucs sur les Zombs...

— Ah ! Génial, moi aussi, j'arrête pas les recherches depuis ce midi !

— Alors il faut qu'on se voie pour mettre tout en commun. En attendant, si t'es attaqué ... heu ... t'as quoi comme alcool et comme fromage chez toi ?

— Bah... j'ai de la bière, une bouteille de Noah fabriquée par mon grand-père, du camembert et du maroilles. Mais pourquoi tu m'demandes ça ?

— T'occupes, si t'as un problème avec un mort, tu l'asperges de Noah ou tu lui fais sentir du maroilles.

— Tu déconnes !

— Bon écoute, je vais venir chez toi et je t'expliquerai.

— Ok à plus.

Je coupe la communication. Mon téléphone se remet à sonner, c'est encore Véronique, le ton est sardonique :

— Allô Mickaël ? Je t'informe que je viens d'arriver devant l'école... Tu n'as pas oublié que tu avais des enfants j'espère ?

— Véro, non c'est pas la peine, les enfants sont en sécurité...

— C'est une blague ? Des hommes en armes dans une école ? Et toi bien sûr tu trouves ça normal ! Tes enfants sont enfermés avec des tueurs potentiels et toi tu restes chez toi à glander sur internet.

— Véronique, écoute-moi s'il te plaît, c'est dangereux, tu risques ta vie, l'armée ne te laissera pas les gosses de toute façon.

— Mais c'est du délire ! D'ailleurs je suis pas la seule à trouver ça anormal : les parents se sont regroupés devant la grille pour protester, tiens écoute : "ah argh !"

— Monsieur Duval, vous trouvez ça normal tous ces hommes en armes devant une école ?

— Heuarrhhheu !

— Ouais c'est bien ce que je pensais, et vous Madame Tranchant, vous allez laisser vos enfants avec ces dingues de militaires ?

— Neubahrhhhrhrgh !

— Véro, rentre tout de suite !

J'en ai la chair de poule : mon ex, la mère de mes enfants risque de se faire bouffer par des morts pendant qu'elle me téléphone, on n'arrête plus le progrès ! J'essaye encore de la raisonner :

— Véro, éloigne-toi tout de suite ! Les gens dehors sont très dangereux.

— Meuuuuh non, je suis avec le papa du petit Kevin, et les parents des jumelles, ce sont des membres du comité de parents d'élèves, tu les connaîtrais mieux si tu y allais plus souvent. Des gens très cordiaux d'ailleurs.

Rien à faire, mon ex-femme refuse de m'écouter, ça va mal se terminer. Soudain j'entends des tirs de fusil dans le téléphone et Véro qui hurle.

— Véro ? Tu vas bien ?

— Les soldats tirent sur nous ! C'est horrible, c'est affreux. Mais ils sont fous ! Les gens sont très énervés, il y a des blessés, un pauvre homme y a perdu son bras, un autre a la moitié de la joue arrachée, c'est affreux je te dis ! Tout ça va mal finir.

J'entends des grognements de plus en plus forts, comme des réclamations scandées. On dirait que chez ces zombies, qu'ils continuent à garder des comportements humains malgré leur transformation en monstres. Je me souviens par exemple du loueur de voiture qui continuait à tamponner les contrats. Il faut absolument que je trouve une solution pour tirer

Véronique de ce traquenard. Les zombies ne vont pas l'ignorer encore longtemps.

J'ai une idée : puisqu'elle fait toujours le contraire de ce que je lui dis, je vais la conseiller à l'envers :

— Véro, va aider les blessés au moins.

— Ça va pas la tête ? Tu veux que je risques ma peau ? On voit bien que t'y es pas !

— Tu ne vas pas rentrer chez toi tout de même en laissant seuls les enfants.

— Je suis pas suicidaire moi, bien sûr que je vais rentrer chez moi, et j'ai pas de leçons à recevoir de toi quant à l'éducation des enfants, après tout l'armée est là pour les protéger. Quand tu paieras ta pension alimentaire régulièrement tu pourras dire quelque chose. Je préfère rentrer tout de suite.

Quelques instants plus tard, j'entends des claquements de portière, je suppose que Véronique est dans sa voiture et qu'elle a oublié de raccrocher. Elle pleure et marmonne entre deux sanglots :

— Mickaël ... les enfants ...

Mais la communication coupe, je la rappelle, mais on m'annonce : "Réseau perturbé ... en cas d'urgence ... rappelez ultérieurement ... *disturbed network* ..."

Je pose le téléphone sur la table et essaye de garder mon calme : premièrement mes enfants sont entourés de zombies et de militaires et je suis bloqué avec mes Bulgares qui ignorent tout de la situation, ma sœur veut que je les dépose à la salle qu'elle a loué pour son mariage demain, franchement je préfère affronter un zombie que ma sœur lorsqu'elle est fâchée. Mon ex est seule et désemparée. Seul point positif, François est toujours vivant et ensemble nous trouverons certainement une solution.

Galena vient me voir car sa famille voudrait aller faire quelques courses. J'essaye de lui dire non, mais elle a ce don de me faire accepter n'importe quoi. Pour ses beaux yeux ...

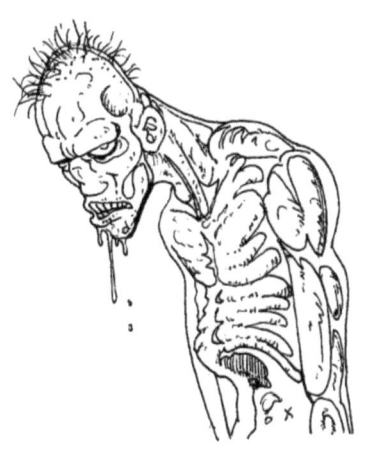

CHAPITRE 8
GRENADE SCHABZIGER

Avant de sortir le groupe de mon appartement, je prétexte devoir préparer mon véhicule, pour aller en reconnaissance dans les escaliers de l'immeuble. En effet, je crains la présence des Durand, de l'huissier et d'autres zombies. Par prudence, je me suis armé de Grolleau que j'ai versé dans un pulvérisateur en plastique, arme que j'espère efficace contre les rôdeurs.

J'ouvre la porte, et jette un coup d'œil sur le pallier, fort heureusement désert. Puis je descends les étages un à un en marchant avec précaution pour ne pas faire de bruit. Soudain j'aperçois au rez-de-chaussée un groupe d'une demi-douzaine de contaminés qui se délectent des entrailles du vieux couple qui vit dans l'appart du bas. On dirait une bande de chiens affamés se partageant une seule gamelle de pâté. Ce faisant, ils bloquent la sortie et je ne me sens pas de taille à les affronter tous.

Mon téléphone portable se met à sonner. Pourquoi ne l'ai-je toujours pas mis sur vibreur ? Les têtes zombiesques se tournent dans ma direction, ils ont les yeux vitreux, le teint livide et sont couverts de sang et de morceaux de chair. Je n'attends pas qu'ils se lancent à ma poursuite et prends la poudre d'escampette. Je les entends grogner et monter les marches, fort heureusement ils ont l'air d'avoir quelques difficultés à courir en même temps et je les entends qui glissent et qui choient dans des cris inhumains. Je réponds au téléphone en même temps afin de faire cesser la sonnerie :

— Allô ?

— Allô Monsieur Janvion ? C'est Jean-Luc Leclient, votre conseiller bancaire, de la Société Géniale.

— Pas le temps ... des zombs à mes trousses !

— Je me permets d'insister Monsieur Janvion, je vois que votre carte a été débitée par une agence de location de véhicule et que vous êtes encore à découvert, ce n'est pas la première fois Monsieur Janvion...

Pendant que ce Jean-Cul de malheur me fait son sermon, je remarque une porte ouverte menant à l'appartement du dessous, je m'y précipite et referme la porte avant que les morts ne me rattrapent.

— Monsieur Janvion ? Vous êtes toujours là ?

— Non j'ai passé dans un tunnel, ben oui je suis toujours là.

— Alors, quand comptez-vous régler votre découvert ?

Les morts frappent la porte violemment, je réponds à mon conseiller :

— Là je suis très occupé, je passerai à l'agence dès que j'aurai le temps.

— Pourquoi pas cet après-midi ?

— Non mais vous êtes pas au courant de ce qui se passe aujourd'hui ?

— Bien sûr que si, Monsieur, vous m'insultez, je suis en direct les évolutions du marché et les cours des monnaies. D'ailleurs la bourse s'affole aujourd'hui, si vous aviez les moyens je vous conseillerais d'acheter des actions car leur cours ne cesse de grimper depuis ce matin, c'est l'euphorie à la bourse de Paris.

En même temps que j'écoute le banquier, je visite l'appartement où vivent normalement un couple de profs. Il n'y a rien d'anormal dans le salon, mais un bruit m'attire dans une chambre. Mon arme à la main, j'entrouvre la porte pour regarder et j'aperçois la femme assise sur son lit, le regard dans le vague. Lorsque je pénètre dans la pièce, elle ne tourne même pas la tête. Je l'interpelle, prêt tout de même à l'asperger de vin, juste au cas où.

— Madame, hé Madame !

Elle me jette un regard triste et désespéré, mais heureusement humain. Ses lèvres remuent, elle me dit :

— Je n'en peux plus… c'est trop dur…

— Allez Madame, il y a encore de l'espoir.

— Non trop tard pour moi... je ne peux plus continuer comme ça ... j'ai peur d'y aller...

— Ne faites pas de bêtise, on va sécuriser cet immeuble et les zombies ne vous importuneront plus.

Elle me regarde avec un air d'incompréhension total :

— De quoi parlez-vous ? C'est de mon travail que je parlais, j'en ai marre d'enseigner à des p'tits cons scotchés à leur ipod et qui me filment pendant les cours. Ce matin je suis encore sur Youpub, 2 millions de vues pour se foutre de ma gueule ! J'en peux plus, vous comprenez !

— Madame, je sais que la vie est dure, mais aujourd'hui c'est vraiment le jour pour relativiser ses problèmes croyez-moi.

— Vous êtes comme mon mari, lui il me dit que c'est ma faute si je ne sais pas gérer mes élèves. Il s'en fout d'ailleurs de mes états d'âme, je lui ai écris des sms et regardez ce qu'il m'a répondu : « Ampf Argh ! » . On ne fait pas mieux pour signifier qu'on n'en a rien à cirer de vos problèmes.

Je regarde le sms avec étonnement : le mari a-t-il été zombifié ? Et si oui, a-t-il été capable de répondre à un texto ?

— Bon Madame, en attendant, vous n'allez pas rester là à vous morfondre. Il y a dehors des hordes de mort-vivants, Madame, des mangeurs de chair humaine, et il faut se battre pour survivre.

— C'est que je n'ai plus la force de me battre, mes élèves ont eu raison de ma volonté de vivre.

— Vous avez bien quelque chose dans la vie qui vous plairait de faire, il n'y a pas que prof comme activité … tiens pas plus tard que ce matin quelqu'un m'a conseillé de toujours penser positif…

— Vous avez raison, prof c'est pas ma vocation, moi je rêve depuis toujours d'avoir une ferme et d'élever des chèvres.

— Ben voilà, oui c'est ça les chèvres, c'est un joli but à se fixer, ce qu'il faut c'est juste faire les pas les uns après les autres, et vous réussirez.

— Vous êtes sûr ?

— Tout à fait sûr, alors on commence ?

— Oui ! Mais que dois-je faire en premier ?

— M'aider à éliminer les zombies dans l'immeuble !

— Les quoi ?

Merde, elle est pas au courant, c'est vrai que les gens tant que la télé ne parle pas de quelque chose, c'est comme si elle n'existait pas. J'allume pourtant son téléviseur à la recherche de faits à lui montrer. Il y a l'assemblée nationale avec un échange virulent entre le premier ministre qui dit que l'heure est grave mais que la France saurait triompher de l'adversité, et un député de l'opposition qui dit que le gouvernement est en dessous de tout et qu'il faut révéler au plus grand nombre toute la vérité sur ce qui se passe à Nantes. Seulement en dehors des paroles, aucun fait n'est établi. Je zappe sur un reportage en direct à Nantes où l'on voit des hélicoptères de combat en train de mitrailler dans la rue, et des blindés en plein centre-ville. Mais les zombies ne sont pas filmés de près. On voit juste des scènes de guerre.

— Bon levez-vous Madame, on va y aller !

Elle se lève tout de même sans poser de question, je cherche dans son frigo et y trouve un fromage fortement odorant à la couleur verte radioactive.

— Qu'est-ce que c'est ça Madame ?

— Du Schapziger.

— Du quoi ?

— C'est un fromage suisse, mon mari est originaire de là-bas.

— Ça se mange ça ?

Je tends mon bras au maximum tant l'odeur est fétide, à mi-chemin entre celle des selles pendant une gastro et celle du vomi un soir de cuite. Visiblement ce fromage est artisanal, d'ailleurs il est même bio, sûr que c'est une vraie bombe anti-zombie. D'ailleurs je me demande moi-même si je vais tenir longtemps avec cet aliment horrifique. Je le confie à la prof qui me suit ensuite jusqu'à la porte d'entrée. Par l'œil de bœuf, je vérifie le nombre d'ennemis : les Durand, l'huissier, la fliquette du parc-mètre, ça fait quatre. J'ouvre en aspergeant Madame Durand de Grolleau, la voilà qui se liquéfie, puis je crie :

— Lancez le Schapzigre !

Elle s'exécute : le fromage explose sur la face de l'huissier et des morceaux atterrissent sur les autres morts-vivants. L'huissier est pulvérisé d'un seul coup, tandis que les autres fument et tombent lourdement sur le sol, le fromage suisse ayant généré des trous béants, on dirait que ce fromage agit comme une grenade. D'autres zombies descendent ou montent les escaliers dans notre direction, mais ils sont arrêtés par le nuage verdâtre qui se propage sur le pallier. Moi-même, je n'arrive plus à respirer, l'odeur est insoutenable. Prenant mon inspiration dans l'appartement, je fonce vers les rôdeurs tétanisés et je les asperge pour les achever. Au total, plus de six sont en miettes, nous pouvons descendre tranquillement. En bas, je m'occupe des cadavres des vieux avant que ceux-ci ne se relèvent. La prof regarde avec étonnement les corps se transformer en flaque au contact de mon pinard. Il n'y a plus qu'à fermer la porte de l'immeuble afin de le sécuriser. Mais au moment où je pousse la porte, un pied s'immisce et entre un grand type pâlichon.

— Bertrand ! Tu as préféré annuler tes cours pour moi ! s'écrie la prof à son mari.

Je recule, le gars a un air bizarre, j'invite la femme à la prudence.

— Ne vous approchez pas Madame...

— Bertrand ? C'est moi, Natacha...

— Natachargh ?

— Oui ta femme qui t'aime !

Le gars marche en titubant, du sang dégouline de sa chemise et de son pantalon.

Je le vaporise de Grolleau, m'attendant à le voir se dissoudre, mais à ma grande surprise il reprend des couleurs et un zeste d'humanité passe dans ses yeux. Hélas, je n'ai pas le temps de l'examiner car le Suisse s'enfuit dans la rue, complètement paniqué.

— Bertrand reviens ! s'écrie sa femme.

Je l'empêche de sortir :

— Non Madame, je vous déconseille de le suivre, il en va de votre vie dehors.

— Mais que peut-on faire ?

— Il faut mieux que vous attendiez votre mari à votre appartement, il reviendra sûrement.

— Vous êtes sûr ? demande-t-elle les larmes aux yeux.

— Bien sûr ! Même que vous devriez lui préparer une spécialité de son pays, ça devrait le requinquer.

— D'accord, je vais préparer une fondue.

À ces mots, la prof remonte dans son appartement.

Je regarde ce qui se passe dans la rue et m'assure qu'il n'y a pas une armée de morts-vivants près de notre véhicule de location. Puis je referme la porte d'entrée de l'immeuble. Cette fois nous pouvons partir. Je retourne chercher les Bulgares.

CHAPITRE 9
MARCHÉ ZOMBIO

En fait, après réflexion, seules les femmes ont décidé de me suivre, les hommes préférant tous regarder le foot à la télé. J'accompagne donc la plantureuse francophone Galena, la femme de Vassil Vania avec ses enfants Miroslav et Victoria , la maman Diana et baba Calina. La belle équipe !
Je les installe dans le van et démarre en vitesse avant que les zombies ne se manifestent. J'espère que les gars n'auront pas l'idée saugrenue de sortir en mon absence et que mes accompagnatrices continueront à croire l'histoire du carnaval. Je n'ose imaginer la réaction des femmes si je leur annonçais que nous sommes entourés de zombies. Rien que l'idée d'imaginer Galena transformée en laideur zombistique me donne envie de gerber. Je décide, cette fois, de m'éloigner du centre-ville, espérant croiser moins de morts. En passant près d'un pont, je remarque que celui-ci est gardé par des soldats derrière des sacs de sable, visiblement la ville est mise en quarantaine. Je vais vers l'ouest à St Herblain dans la banlieue nantaise, et traverse une grande zone commerciale où trônent d'immenses supermarchés. Vania et Diana demandent à s'y

arrêter et me font des grands gestes en m'apostrophant :

— Touk ! Touk[18] ! Soupermarket !

À côté, Galena me fait un sourire complice.

Cédant à leur insistance, je rentre dans le parking géant. Vu qu'on est Vendredi, il n'y a pas beaucoup de places libres. En passant près de l'entrée pour tourner dans une autre allée, toujours à la recherche d'une place, je vois une foule sortir de la galerie marchande en braillant : des centaines de gens couverts de sang, certains poussant des chariots pleins ; une vaste clameur de grognements horrifiques semble déclencher le réveil de milliers d'autres zombies. Le parking semble vomir du zombie à tous les étages. Des têtes au visage crispé et aux yeux fous surgissent, des corps s'extirpent par les fenêtres des autos, des morts se piétinent ou se bousculent, tous tendent leurs bras dans notre direction.

Moi je monte le son de la musique folklorique, ça tombe bien j'ai mis Luc Arbogast. Cette musique permet à mon van de passer dans un étroit couloir de zombies. Ceux-ci s'écartent en gémissant à l'écoute de l'air breton. Au passage, les femmes sont très étonnées, car les zombies vont jusqu'à taper sur la carrosserie de notre véhicule.

— Karnaval ? demande Vania.

---

[18] Ici ! Ici !

— Oui, c'est pourquoi il n'y a pas de place libre, je vous emmène ailleurs, dans un coin plus tranquille pour faire ses courses. De toute façon, ici vous n'auriez pas trouvé de produits typiques.

Galena qui est chargée de traduire ce que je viens de dire à Vania, ne semble pas être dupe, combien de temps pourrais-je encore lui mentir ?

Je sors de la zone commerciale avec soulagement. J'aurais dû me douter que tout le monde serait zombifié dans ces lieux voués à la consommation de masse.

Je me souviens de l'existence d'un marché bio dans un quartier proche. Nous roulons dans des rues presque désertes, parfois nous croisons une voiture avec à son bord des gens encore en vie, mais si effrayés qu'ils en oublient le code de la route, et je dois en éviter à plusieurs reprises. Nous arrivons enfin au quartier du marché. À ma grande surprise, j'y trouve des gens normaux, occupés à trouver une place pour se parquer, ou se promenant tranquillement avec leurs sacs de courses. Je me gare et fais sortir ma troupe un peu éberluée, non sans me préparer à les défendre au cas où. Nous entrons dans le marché où les étals n'ont pas été désertés par leurs commerçants. Ils ne doivent pas être au courant de ce qui se passe à quelques kilomètres de là. Nous nous rendons chez le fromager, celui-ci vend tout ce qui se fait de mieux dans la matière : crottins de chèvre, tome des Pyrénées, reblochon, brie aux truffes, bleu d'Auvergne ... J'en profite pour augmenter ma réserve d'armes anti-zombies avec des fromages bien odorants comme le curé nantais au muscadet.

Mon téléphone sonne, c'est ma sœur, cette fois je sais que je peux lui répondre l'esprit plus tranquille.

— Salut frangine !

— Mickaël, il faut que tu m'amènes ma future belle-famille, j'ai besoin d'eux : je suis toute seule à préparer la salle pour mon propre mariage ! Personne n'est venu aujourd'hui. Le traiteur m'a vulgairement laissée tomber. Figure-toi que quand je l'ai appelé, il m'a répondu par des grognements bestiaux, rien à en tirer. Quand je pense qu'on me l'avait recommandé.

— T'inquiète pas sœurette, je vais tout faire pour que ton mariage soit une réussite.

— Merci, alors tu viens quand avec la famille de mon Stouyan ?

— D'ici une heure ou deux, là je suis avec les femmes au marché bio.

— Ah bah tant que tu y es, fais les courses, il me faut absolument de quoi manger pour le repas des noces, alors prends pour une vingtaine de personnes au moins.

— D'accord, je m'en occupe.

— N'oublie pas, avec les Bulgares il faut beaucoup de viande, ajoute-t-elle.

Je raccroche, et je regarde ce qu'il me reste dans mon portefeuille, hélas je n'ai plus d'argent. Je me dirige vers un bancomat, mais ma carte est avalée par le distributeur. Salopard de fumier de dégénéré de conseiller bancaire ! Si je le chope celui-là... Me voilà fauché, que faire ? Taxer la belle-famille bulgare, ça serait pas correct. Mais j'y pense, les zombies ont des porte-monnaies pleins vu qu'ils n'ont pas eu le temps de dépenser leur oseille avant de pourrir. Est-ce que voler des zombies est illégal ? Oh et puis je m'en fiche, pourquoi parler de lois alors que la police a déserté nos rues ?

Je fais le tour du marché du regard pour m'assurer que tout va bien, j'aperçois bien quelques morts vivants au bout du marché, mais ceux-ci se tiennent à distance, hésitant à s'approcher. Les bonnes odeurs de produits du terroir semblent les effrayer, tant mieux ! Voici au moins une zone sécurisée.

Les femmes piaillent entre elles comme une colonie de volatiles. C'est à qui trouvera la baguette la plus goûteuse, à qui cherchera du pilchard dans l'étal du poissonnier, à qui s'extasie devant la toile cirée et les céramiques décorées d'olives. Les voyant ainsi occupées, je pense pouvoir me permettre un p'tit quart d'heure de banditisme.

J'informe Galena qu'une affaire urgente m'appelle et je lui confie le groupe. Cependant, elle me rattrape par le bras, s'approche de moi pour me demander quelque chose avec sa petite voix délicieuse :

— Mickaël, laisse-moi venir avec toi.

Je ne peux pas dire non, elle est si mignonne. Cependant, je suis partagé entre deux sentiments : tout lui avouer et en faire une alliée, mais ce serait lui faire courir de grands risques, ou lui mentir encore au risque de perdre totalement sa confiance si elle finit par découvrir seule le secret que je lui cache.

— Galena, il est temps que je t'explique la vérité. Nous sommes entourés de morts-vivants !

Je lui laisse quelques secondes pour digérer cette information, mais elle semble inébranlable, comme si elle attendait la suite, je poursuis donc :

— Si je ne t'ai rien dit avant, c'est pour te protéger et ta famille, la ville est pleine de zombies, tu sais des êtres qui n'ont plus d'âmes et dont le corps pourrit au fur et à mesure tout en continuant à exister. Le gros problème avec les zombies, c'est qu'ils cherchent à se reproduire en mordant des humains qui à leur tour se transformeront en zombies. Tu comprends maintenant le danger que vous courez, que nous courons tous.

La belle cambrée sur ses talons, paraît tout à fait sûre d'elle lorsqu'elle me répond :

— Je me doutais bien que cette histoire de carnaval était un peu tirée par la tête, -comprendre tirée par les cheveux-, tu peux compter sur moi, je sais me défendre.

La voir comme ça fière et courageuse me la rend encore plus désirable.

Nous partons donc hors du marché, à la recherche de riches zombies à détrousser. La voluptueuse Galena me suit à un rythme étonnant avec de si hauts talons. Je suis à la recherche de zombies dans ce quartier résidentiel de la banlieue nantaise. Évidemment, en pleine période de contamination, cela ne devrait pas être trop difficile, seulement je dois aussi ne pas m'affronter à trop de morts en même temps, et flairer celui qui aura le porte monnaie le plus garni.

Alors que j'avais aperçu tout à l'heure quelques décharnés, je n'en vois aucun dans les rues. C'est presqu'une loi physique : c'est quand on cherche quelque chose qu'on ne le trouve pas.

Je vois devant nous une silhouette à la démarche suspecte, une sorte de femme avec des cheveux frisés décoiffés, vêtue d'une tenue à mi-chemin entre le jogging et le pyjama, son regard exprime un vide sidéral. J'en déduis qu'il s'agit d'une zombie. Je m'approche et l'asperge de Grolleau.

— Hé mais ça va pas la tête ? s'insurge la bonne femme furibonde.

— Oups, désolé, je croyais que ...

Galena vient à mon secours :

— C'est le carnaval Madame, on fait la fête !

Nous nous éloignons en riant et croisons une troupe de gens, hélas non encore contaminés. Une femme toise méchamment Galena, ce qui la met mal à l'aise. Un homme s'exprime à haute voix :

— C'est une honte ces prostituées qui se promènent dans la rue !

— C'est à nous que vous parlez Monsieur ? défendant l'honneur de ma belle.

Une autre femme s'en mêle :

— Parfaitement, vous avez vu comment votre copine est habillée ? Une jupe ras la chatte et un haut transparent, non mais c'est dégueulasse ! Et tout ça pour la bestialité des hommes comme vous.

Cette fois c'est Galena qui me défend :

— Je ne vous permets pas, gloupatchka[19], s'indigne Galena.

La furieuse rétorque :

— Vous devriez prendre conscience qu'en vous habillant comme une pute, cela rejaillit sur l'image de toutes les femmes ! Vous vous aliénez.

— Non mais espèce de folle, c'est moi que vous traitez de pute ? s'étrangle Galena avant de passer au bulgare, Kourva ! Debelna layna[20] !

---

[19] Idiote !

[20] Salope ! Grosse merde !

Je viens à son secours :

— Galena est une femme respectable, Madame, elle est institutrice en Bulgarie.

L'homme se met à rire :

— Une pute bulgare oui ! Vous la payez combien ?

J'ai envie de les frapper pour laver l'honneur de Galena, mais j'aperçois des zombies courant dans notre direction, de la bave de sang aux lèvres. Pour une fois je souhaite qu'ils mordent quelqu'un. Je m'interpose pour protéger Galena et saisis mon aspergeur de vin. La moraliste ne voit pas venir la mâchoire sanguinolente qui la prive de sa capacité cérébrale, déjà très diminuée, en lui arrachant la moitié du crâne, elle s'écroule pour se relever en titubant quelques secondes plus tard, et bien que j'apprécie plus les propos qu'elle tient maintenant que ceux qu'elle tenait avant, je l'asperge d'un bon déci de blanc. Elle ne semble pas apprécier la spécialité du coin et fond sous nos yeux horrifiés. Pendant ce temps, Galena donne un violent coup de pied dans un zomb, le talon s'encastre dans son crâne et je l'achève ensuite d'une giclée. La bataille est épique : plusieurs passants sont dépecés par les cannibales, heureusement le vin a l'effet de l'acide sulfurique, mais il n'est pas inépuisable, je m'aperçois avec effroi que je n'ai plus de Grolleau. Décidé, je prends mon curé nantais dans ma poche, et je le brandis face au dernier mort-vivant.

— Vade retro zombinas !

Le mort, un jeune rappeur de cité tout habillé de marques des pieds à la tête, recule en se protégeant le visage devant le fromage orangé, comme un vampire face à un crucifix. Il finit par détaler dans le sens opposé. Sauvés, je m'inquiète pour Galena, mais celle-ci n'a pas été mordue et tient le choc.

Les cadavres des passants fument encore en se décomposant sous l'effet des gouttes de vin, les femmes ont laissé leurs sacs à main, je les fouille sans remords et trouve plus de cinq cent euros. Ouf ! J'ai de quoi faire les achats demandés par ma sœur.

Galena m'interroge :

— Tu vas bien Mickaël ? C'est vraiment affreux, tous ces pauvres gens.

— Oui... il faut que je vous mette tous en sécurité, ma sœur a loué un château, on va chercher tout le monde et on se barricade là-bas avec des réserves.

Avec Galena, nous rejoignons le groupe des femmes au marché bio. Je vais chez le boucher-charcutier, d'où nous repartons avec de la viande séchée pour l'apéritif et des rôtis pour le repas. Baba Calina craque sur un K Men Sec et Vania emporte un boudin. Chez le maraîcher, les femmes sont intéressées par les artichauts et les échalotes, plutôt rares dans leur pays. Pendant qu'elles choisissent des légumes, je m'éclipse chez le vendeur de vin, afin de recharger mon pulvérisateur de Grolleau, et j'embarque également une caisse de champagne pour le mariage. Je m'apprête à payer lorsque je surprends Galena qui arrache le boudin des mains de Diana et le jette brusquement sur un porteur de cageots. Tout en criant au marchand de vin « je reviens », je cours secourir ces dames, mais celles-ci semblent se débrouiller parfaitement puisque l'unique zombie du marché est en train de se transformer en flaque de pétrole sous l'étal du marchand. Galena me gratifie d'un sourire triomphant en affirmant :

— Je leur ai dit que c'était un voleur, dit-elle en montrant le reste de la troupe.

— Bien joué ma belle ! la complimenté-je.

Vania est tannée par ses enfants pour quelques sucreries. J'aperçois une confiserie qui vend des Françoises de Foix et j'en offre une boite à chaque enfant. Peut-être ainsi seront-ils un peu immunisés. Les femmes semblent maintenant vouloir rejoindre leurs maris. On transporte les courses jusqu'au van et nous voilà repartis pour mon appartement. Cette fois, pas question de traîner, on récupère les hommes et on s'en va.

CHAPITRE 10
MOI PRÉSIDENT

Galena semble plus attentive à ce qui se passe dans les rues. Les hélicoptères et avions de chasse font un étrange ballet dans le ciel de la ville.

Nous arrivons à mon appartement, le voisin du dessus est encore à sa fenêtre et assez vivant pour m'insulter à nouveau au passage. Me voilà encore incapable d 'ouvrir ma porte, je ne me souviens toujours pas du digicode. Je sonne à mon interrupteur, mais aucun des hommes bulgares ne répond à mon interphone, pourvu qu'il ne leur soit rien arrivé. Nous échangeons un regard inquiet avec Galena. J'appuie sur celui de la prof, heureusement celle-ci répond :

— C'est votre voisin Mickaël Janvion, pouvez-vous m'ouvrir s'il vous plaît ?

Celle-ci me répond que ça tombe bien et qu'elle veut me voir. Quelle tuile m'attend encore ?

Arrivés au pallier de la prof, cette dernière m'attend l'air désespéré :

— Mon mari n'est pas revenu ! Pourtant j'avais préparé une fondue, moitié-moitié, comme il aime…

Je croise le regard légèrement agacé de Galena, et décide de monter chez moi avant de m'occuper du petit Suisse perdu.

— Je suis à vous tout de suite, attendez-moi ici.

Á mon appartement, nous entrons un peu inquiets, et trouvons les hommes là où nous les avons laissés, affalés dans le canapé devant le foot, à la différence qu'il y a un intrus au milieu d'eux : le Suisse !

Je m'approche de lui, très méfiant, il a pas très bonne mine, mais il semble aller mieux que tout à l'heure, et il est capable de communiquer. Il me dit avec l'accent vaudois en tendant un verre de rakiya :

— J'ai la cosse, et j'suis un peu cuit avec ce breuvage, mais ces gaillards là, ils sont gentils. Par contre, leur saucisson, ça vaut pas le boutefas, ça non. Ils sont de vot'famille ou bien ?

Galena interroge l'assemblée d'un regard furibond et interrogateur ; on lui dit que Vassil est sorti acheter des clopes au tabac du coin, en rentrant il a croisé ce type très mal en point, dans la cage d'escalier. On l'a invité à l'appartement et ils lui ont fait boire de la rakiya et fait manger du loukanka pour le requinquer. Voilà l'explication ! Comme cet homme est à la base un grand amateur de schapzigre et de produits typiques de son pays, le virus ne s'est pas complètement répandu en lui, il a gardé un minimum de conscience et a pu résister à la zombification. Puis il y a eu mon Grolleau, la rakiya, le loukanka, tout cela l'a pratiquement guéri. Cette découverte peut sauver l'humanité, et c'est à moi qu'incombe cette responsabilité. Merde ! Si on m'avait dit qu'en me levant ce matin j'allais entrer dans l'Histoire...

Je ramène le Suisse à sa femme, celle-ci le serre dans ses bras :

— Oh mon chéri ! Tu es là ! Viens, rentre, je t'ai fait une fondue.

— T'es bien bonne, mais tu la rates toujours, la fondue, c'est une affaire de Suisses.

Puis elle vient vers moi, reconnaissante :

— Merci, et dire que j'ai failli faire une bêtise.

En partant, je lui demande :

— Vous faites quoi demain ? Ça vous dirait de venir au mariage de ma sœur ?

Elle accepte. Je lui conseille de ne pas sortir de l'immeuble. Je l'informe que je viendrai la chercher vers 15 heures le lendemain. je lui assure qu'avec une cure de schapzigre, son mari devrait complètement guérir sous peu. Elle me remercie comme savent le faire les femmes simples : d'un sourire.

Dans l'appartement, je prépare plusieurs vaporisateurs, les remplit de Grolleau, de liqueur de noix, de vin de Noah, vestige de mon grand-père, et de côteau du layon. J'en confie un à Galena :

—Tiens, je préfère te savoir armée.

— Tu peux compter sur moi.

Elle me fait penser à Lara Croft, avec sa robe à même la peau, ses hauts talons et ses vaporisateurs, comme deux calibres. Il ne lui manque que les lunettes noires.

Avant de partir au manoir loué par ma sœur, je regarde les infos, le président de la République a décidé de faire un discours à la nation, ils vont enfin révéler au monde ce qui se passe à Nantes :

"*Mes chers concitoyens, concitoyennes, Françaises, Français, l'heure est grave.*

Selon nos dernières informations, il semble qu'une épidémie se répand parmi la population nantaise. Pour l'instant son origine reste inconnue, mais ne paniquons pas, le gouvernement a rassemblé toutes les forces de police, ainsi que l'armée, pour calmer les plus énervés et assurer la protection de la population. Nos chercheurs sont déjà sur la piste d'un vaccin. Moi président, je promets à tous les français, françaises, que le risque d'une pandémie est inexistant, moi président je conjure aux Nantais de ne pas paniquer et de me faire confiance, pas un seul ne sera abandonné. Je leur recommande pour leur sécurité, de rester chez eux. Le président américain nous assure de son amitié et de son soutien. D'autre part, la plupart des pays du monde se mobilisent pour nous aider. Nous ne sommes pas seuls..."

Je zappe. Cette fois c'est un discours du président des U.S.A., celui-ci accuse le président de Syrie d'être à l'origine du virus nantais. Qu'est-ce qu'ils vont pas chercher ?

Je dis à Galena qu'il faut se dépêcher. Elle ameute les femmes et celles-ci bousculent leurs maris. Ainsi en cinq minutes, tout le monde est prêt au départ.

Une fois la troupe installée dans le van, je prends la direction du manoir. Je roule vers le périphérique, mais je m'aperçois que celui-ci est entièrement bloqué par l'armée et que ces idiots tirent à vue. Finalement il n'y a pas grosse différence entre les zombies et les soldats : même obéissance aveugle, même imbécillité, même mimétisme.

J'emprunte des rues qui longent plus ou moins le périph'. Le manoir est situé dans un quartier de banlieue, complètement clôturé par un vieux mur de pierre haut de deux mètres. J'arrive aux grilles en fer forgé et sonne à l'interphone. Ma sœur me répond. Le portail grince en s'écartant sur une allée fleurie. J'avance à 20 à l'heure comme le panneau de l'entrée me le commande, et découvre un petit parc boisé, idéal pour être à l'abri des zombs. Le portail se referme et je roule jusqu'à la bâtisse où m'attend ma frangine.

Les Bulgares descendent et c'est la joie des retrouvailles. Les enfants partent jouer dans le bois. Avec les gars nous descendons les courses. Je retourne vers ma sœur, satisfait d'avoir tenu parole et de n'avoir essuyé aucune perte parmi nos invités bulgares. Á l'air stressé et inquiet de ma sœur, je devine que je suis loin d'avoir fini cette journée.

— Mickaël, mon Stouyan ne répond pas à son portable, il devait venir ici après son travail et il n'est toujours pas là, j'ai peur, dit-elle en s'accrochant à moi.

— Il travaille où Stouyan ?

— Dans un bureau d'études dans la tour Bretagne, me répond-elle.

La tour Bretagne ? En plein centre-ville ? Pas étonnant que le gars ne soit pas encore revenu, s'il revient d'ailleurs. Je n'ai même pas le temps de parler que ma sœur insiste :

— Tu vas aller le chercher Micky, je dois me marier demain, et ce quoi qu'il arrive, alors tu y vas et tu me le ramènes ici sain et sauf. File !

Pas moyen de discuter avec elle, il me faut repartir, et vite. Galena qui a tout entendu m'affirme :

— Si mon cousin est en danger, je viens avec toi. Ils sont assez ici pour prendre soin d'eux-mêmes. En plus, je n'ai pas vu de zombies ici.

Je ne peux la contrer en voyant son air décidé. Après tout, elle pourrait m'être d'une grande aide.

CHAPITRE 11
ZOMBIE NEWS

La tour Bretagne, on l'aperçoit au loin à quelques quartiers de distance, c'est un peu l'unique gratte-ciel de la ville, orgueil d'un passé où on imaginait que le développement d'un pays dépendait de la hauteur de ses tours.

Avec Galena, nous roulons à travers les rues désertes de la ville tandis que le soleil est sur le déclin en ce début de soirée. Je me dis qu'il y a comme une atmosphère de fin du monde, d'ailleurs ce n'est pas qu'une sensation, c'est un genre d'apocalypse. Putain, je veux pas *clamser* maintenant, je suis encore jeune, j'ai tant de choses à connaître, comme je sais pas moi, l'aurore boréale, le sable fin des plages du Kenya, la prochaine saison de Games of Thrones, enfin des trucs importants.

En nous approchant du centre, je vois que ça s'est calmé question militaire : à part des hélicoptères. Je ne vois plus de blindés, je n'entends plus la musique des armes automatiques, ni les explosions, juste le bruit inquiétant de milliers de grognements. Cette fois, les habitants semblent s'être barricadés chez eux. Les rues sont infestées de putrides, style 28 jours plus tard, sauf que là en l'occurrence, c'est quelques heures plus tard. Ils ont quelque chose de marrant ces zombies, car ils sont tout frais, *just zombified*, hormis le sang leurs fringues sont propres, leurs chemises repassées, certains sortaient de leur coiffeur quand ils ont été mordus, d'autres portent leur mallette de cadre en cuir, pour aller travailler.

Je me dis qu'avec cette invasion zombiesque, mieux vaut éviter la nuit pour une telle expédition, en même temps je suis tenté d'aller rendre visite à mon pote François afin de nous y préparer au mieux. Comme je suis d'un naturel indécis, je demande à ma belle copilote :

— Qu'est-ce que tu penses ? Vaut-il mieux nous rendre tout de suite dans le centre-ville pour chercher ton cousin, ou aller d'abord chez un ami qui nous renseignera sur la situation ?

— Améééé da ! Si tu as un ami qui peut nous aider, je pense qu'il est plus prudent de passer le voir.

— Ok, alors on y va !

Je repars donc vers mon quartier en empruntant une voie en sens interdit dans le but d'éviter un détour dangereux. Soudain, en face de moi, un gros quatre-quatre roule vers nous à vive allure, je m'arrête et il pile à quelques centimètres de mon pare-choc, klaxonnant et faisant des appels de phare. Le conducteur sort la tête et me crie :

— Z'avez pas vu ? C'est un sens interdit !

Je rétorque en sortant moi-aussi la tête :

— Il suffit qu'on morde chacun sur le trottoir et on pourra passer tous les deux.
— Ça va pas la tête ! Vous êtes en tort, c'est interdit de rouler à contre-sens, vous l'avez eu où votre permis, dans un paquet bonux ?
— Écoutez on va pas se prendre la tête, il y a des zombies partout, il faut mieux s'entraider...
— Rien à foutre ! Moi je suis dans mon droit.

Disant cela, le gars sort de sa voiture, le visage rougi par la colère, prêt à en découdre pour prouver qu'il a la loi de son côté.

Je regarde dans le rétro et au-delà du quatre-quatre : pas de zomb en vue, dommage...

Galena me regarde avec l'air froid et déterminé des Slaves. Je comprends que c'est à moi de régler cette histoire, et à la façon des hommes de son pays. Seulement, le gars est une marmite, à côté je fais plutôt lopette, et puis même si j'arrivais à le battre, comment je ferais après pour passer. Il me faut donc trouver une ruse ; je réfléchis rapidement, qu'est-ce qu'un Français respecte en dehors de la force ? L'autorité ! Il vocifère à ma portière en criant « Viens te battre connard ! ». Je l'examine : il a tout d'un mec qui travaille sur les chantiers, mais qui gagne bien sa vie, genre électricien. Alors qu'il secoue frénétiquement le van, je me dis qu'un tel gars s'écraserait devant un architecte. Je lui réponds avec un ton hautain :

— Allons Monsieur, je suis l'architecte de la ville, on m'attend à une réunion urgente.

Le gars se ravise aussitôt :

— Oh pardon Monsieur, je croyais que …

— Ben oui, c'est d'ailleurs moi qui ait rénové ce quartier, vous êtes du métier non ? Donnez-moi votre carte de visite, je pourrais vous obtenir un contrat public.

— Oui, tout de suite Monsieur, la voici.

— Merci mon brave, allons maintenant écartez-vous sur le trottoir, je suis déjà très en retard.

— Tout de suite, merci Monsieur.

Le gars court à son quatre-quatre et fait une marche arrière pour me laisser passer. Lorsque nous sommes plus loin, Galena éclate de rire :

— Architecte ? Toi !

— Hé oui…

Pendant le trajet, Galena sort sa tablette de son sac et met les infos en vidéo. Je ne vois pas beaucoup les images, mais j'entends :

Les événements principaux de la journée

L'horreur à Nantes, une épidémie s'est déclarée ce matin et provoque un inquiétant effet « zombie », la situation est si grave que l'armée est présente sur place et que c'est le chaos en ville. Nous avons invité un expert sur le sujet : Alain Tellot-Boutonneux, et nous entendrons les différentes réactions politiques.

Ensuite, conférence à Paris sur les travailleurs lents. La ministre des discriminations est intervenu pour dénoncer ce fait : des milliers de personnes travaillent plus lentement que les autres, ils sont donc défavorisés par rapport à ceux qui travaillent plus vite. Résultat, on observe une différence de salaires et d'accès à l'embauche inadmissible. Nous avons interviewé la ministre sur le sujet.

Les bonnes nouvelles du jour : l'Olympique Lyonnais s'est qualifié pour les quarts de finale de la ligue des champions ! À Lyon, on fête déjà cette victoire.

Mais revenons à Nantes. Commençons par faire un résumé du déroulement de la journée, un montage de Mathieu Formaté et d'Adeline Lieucommun.

Nantes, quartier de Chantenay, 9 heures 12, les images de vidéosurveillance montrent une agression d'une violence inouïe, veuillez éloigner les enfants de votre téléviseur, on voit un homme en attaquer un autre et le mordre à la jugulaire. Quelques minutes plus tard, alors que la victime semble morte, celle-ci se relève et repart en titubant.

9 heures 35, au commissariat, les appels d'urgence saturent le standard de la police déjà débordée.

9 heures 55, le préfet est prévenu qu'il se passe quelque chose de grave à Nantes, il appelle la gendarmerie et l'armée à la rescousse.

10 heures 12, en centre-ville, c'est la panique : des dizaines de gens très agressifs mordent sauvagement les passants, on entend déjà les premiers coups de feu. On croit tout d'abord à une émeute.

10 heures 47, la mairie de Nantes est touchée par le fléau, les fonctionnaires municipaux sont massacrés sous nos caméras. Jean-Louis Jossic du groupe Tri Yann et adjoint au maire, est la première victime connue frappée par l'épidémie. On est également sans nouvelles du député-maire de la ville.

10 heures 56, le président de la République est prévenu que la situation dégénère, il arrête sa visite de l'usine menacée de fermeture en Lorraine, et organise en urgence un conseil ministériel.

11 heures 17, la gendarmerie tente de défendre le quartier de la gare, mais malgré les tirs, celle-ci ne peut arrêter la houle monstrueuse des zombies furieux. Quelques minutes plus tard, la gendarmerie évacue le centre-ville. Les ponts donnant accès au sud de la Loire sont barricadés.

12 heures 22, l'armée s'installe au château des Ducs de Bretagne, et sécurise le bâtiment. Symbole de la journée qui a fait déjà le tour du monde, pour la première fois depuis cinq cent ans, la herse du château est abaissée.

12 heures 41, l'aviation bombarde le cours des 50 otages au napalm, faisant un millier de morts dont on ne peut garantir qu'ils soient tous des infectés ; une décision très contestée dans les milieux politiques, surtout dans les rangs de l'opposition, parfois même dans ceux de la majorité.

14 heures, l'armée a fini de s'installer sur le périphérique nantais, plus de 200000 personnes sont coupées du reste du monde. Pour le moment, seules les écoles sont évacuées par hélicoptère.

15 heures, le président prend publiquement la parole et annonce ce qui se passe à Nantes. Les premières mesures concrètes du gouvernement sont annoncées : 1 évaluation de l'ampleur de la catastrophe, 2 Trouver l'origine du problème et envisager à moyen terme une solution à la contamination, 3 élaboration d'un plan d'urgence pour secourir les Nantais.

15 heures 30 dans la capitale, un premier rassemblement d'une foule pour manifester son soutien aux Nantais.

15 heures 40, partout sur les réseaux sociaux est diffusée ce message : "Nous sommes Nantes", les tee-shirts sont déjà en vente.

En entendant les infos, je commente :

— Ben dis-donc, comme d'habitude il n'y a rien de concret d'annoncé. On n'est pas sortis de l'auberge !

J'écoute la suite :

— Bonsoir Monsieur Tellot-Boutonneux, il semble selon les images transmises par le gouvernement qu'il s'agisse d'une sorte de contamination, on pense évidemment à un virus, mais on dit aussi sur les réseaux sociaux que ce pourraient être des zombies style Walking Dead ou Retour des Mort-Vivants. Qu'en pensez-vous ?

— Euuuuh premièrement, j'écarte tout de suite l'hypothèse zombie, heu heu, qui nous vient d'une culture populaire télévisuelle, heu heu, soyons un peu sérieux. Euhhhh, nous les experts, nous préférons parler de T.E.I.

— T.E.I. ?

— Oui du trouble explosif intermittent, il s'agit d'une incapacité de l'individu à maîtriser ses pulsions d'agressivité. Cette agressivité est disproportionnée de la situation, elle peut être causée par un excès de stress psychosocial. Mais là, ce qui est inédit, c'est que ce trouble s'inscrit dans la durée, et que les personnes atteintes se contaminent entre elles. Je trouve également que ces gens deviennent fortement sociopathes.

— Est-ce un virus ?

— Il est important ce soir, de rester prudent quant à nos affirmations, nous n'avons pas encore toutes les données, il est possible que ce soit un virus, mais ce qui est étrange, c'est la rapidité de l'infection, *puisque les symptômes se transmettent en quelques minutes seulement.*

— Nous avons vu des gens se faire cribler de balles par les militaires et continuer à avancer, comment est-ce possible ?

— Vous savez, dans les tribus primitives, les guerriers peuvent se mettre dans un état de rage si intense qu'ils deviennent insensibles à la douleur, on les appelait Berserkers. De même, il a été observé chez des malades mentaux en crise qu'ils avaient une force hors du commun et qu'ils étaient également dénués de sensibilité physique.

— Certains avaient l'air morts et puis se sont comme réveillés.

— Euuuuh, vous savez dans un premier temps, il y a le choc de la violence qui vous paralyse, et puis après une courte tétanie, vous vous réveillez. N'oublions pas que agression vient du latin adgredi qui signifie « aller vers», « attaquer », il s'agit d'une atteinte à l'intégrité physique mais également psychologique, l'agression vise à instaurer une domination.

— C'est très intéressant professeur, mais pourquoi alors les gens se réveillent-ils aussi violents que ceux qui les ont agressés ?

— J'y viens, euuuuh, il y a deux types d'agressions : la première est affective, très hostile, l'autre est préméditée, et non moins hostile. Dans ce cas, le

comportement agnostique est certainement une réponse émotionnelle à un stress intense, d'où la contagion apparente.

Roulant à côté d'un tramway rempli de morts-vivants qui s'écrasent contre le plexiglas des fenêtres, j'incite ma passagère à zapper :

— On n'apprend rien du tout ! Y a pas autre chose ?

— Attends, je regarde les autres chaînes... ah voilà !

Un présentateur d'une émission de variété avec l'accent parisien :

— Après cette page de publicité, vous voici en direct sur JFMTV, alors Barbara avons-nous des news pour Nantes ?

Une voix de crécelle répond à celle du présentateur :

— Pas grand chose Stéfano, on apprend juste à l'instant que le match de football prévu à la Beaujoire ce soir a été annulé et reporté à une date ultérieure.

— Comme c'est dommage Barbara, on voulé vraiment savoir ce que valé le FC Nantes apré le recrutement de M'Bibo en avant-centre.

— Hi hi hi.

— Merci Barbara, et maintenant on m'apprend que nous avons le commandant des forces en opération à Nantes, le général Henri de la Gardemeur, en direct par liaison satellite. Une exclusivité JFMTV !

— Hi hi hi, le général est installé au château des ducs de Bretagne, c'est pourtant pas un duc.

— Hé non Barbara, on né plus au Moyen-Age et pourtant, et pourtant… Ah voilà l'image du général qui s'affiche … Bonsoir général !

Une voix grave et décidée accompagne un homme mûr dans une tenue militaire décorée de dizaines de médailles :

— Bonsoir.

— Tout d'abord une pensée pour nos vaillants soldats qui font un travail formidable, et pour les pauvres nantés victimes d'une terrible catastrophe.

La pétasse ajoute :

— Des zombies très très méchants !

— Merci Barbara, alors général, vous êtes installé au cœur de l'action à Nantes, pourquoi avoir choisi ce château, est-ce pour son symbole ? Vous auriez tré bien pu vous établir ailleurs comme dans la tour Lu par exemple...

— Non, nous avions besoin d'un lieu à la fois près des combats, et au coeur de la ville de Nantes afin de montrer à tous que l'armée française n'a pas abandonné les habitants. Ce château-fort médiéval a été conçu pour ne pas laisser entrer l'ennemi. C'est pour des raisons tactiques que ce château a été choisi.

— Vous dites « l'ennemi », est-ce de cela qu'il s'agit ? Traitez-vous les contaminés en ennemis ?

— Écoutez, au jour d'aujourd'hui, on ne sait pas encore tout au sujet de ces émeutiers, juste qu'ils sont cannibales et insensibles à la douleur. Ils n'ont qu'un seul but : nous tuer. Alors oui, pour l'instant nous les traitons en ennemis.

— L'armée a évacué les rues du centre-ville pour se concentrer sur la périphérie, pourquoi cette retraite ?

— Non, l'armée n'a effectué aucune retraite, nous avons redéployé nos forces afin de protéger la banlieue nantaise et empêcher la propagation de cette épidémie. Mais rassurez-vous, toutes nos divisions convergent en ce moment-même vers Nantes, d'ici quelques jours nous reprendrons l'offensive et pulvériserons la menace.

— Écartez-vous tout risque de contamination hors de la ville ?

— Je me félicite, parce que l'armée française, fidèle à sa réputation millénaire, est parvenue à circonscrire le problème dans la ville de Nantes. Il n'y a pas un cm² de notre barrage qui échappe à notre surveillance, pas une de ces choses ne pourra sortir de la ville, j'y veillerai personnellement. Ils ne passeront pas !

— Merci général pour vos paroles rassurantes.

— Hi hi hi…

Lassé d'écouter tant d'âneries, je mets la radio pour essayer d'avoir quelques informations capitales. Je zappe rapidement les stations musicales pour éviter d'attirer les zombs et j'arrive sur France Culture qui débat justement du sujet :

— Donc professeur, que pensez-vous des événements de Nantes ?

— Tout d'abord, je tiens à m'exprimer non pas en tant que professeur émérite d'université, mais d'abord en tant qu'homme : la vraie question est qu'est-ce qu'un zombie ? Zombie la racine vient du grec Zomb, qui signifie « marais… putride … dégoûtante personne », mais aussi « miroir ». Ainsi, on peut déjà en conclure que le zombie est une représentation de l'autre, c'est le miroir de soi-même, l'être répugnant qui vit en nous.

— Tout à fait, répond une voix nazillarde, je dirais même que le zombie n'a pas toujours été dépeint comme on le fait aujourd'hui, il y a un passage de Niestche qui est révélateur : « le mort qui se relève est une âme retardée ». C'est à dire en retard pour l'au-delà.

Le présentateur l'interrompt :

— Et vous Monsieur Bones, pensez-vous que le zombie soit en retard ?

Un type avec un accent américain répond :

— Well, ahemm, nous en America, nous a oun expressione pour , ahemm… dire le zomb, non-life walking, ça dit que le zomb a euhhh pas vie en loui, mais qu'il , euh, qu'il walk…

— Effectivement, reprend le professeur du début, le zombie est un marcheur, mais un marcheur dégoûtant pour autrui ou pour lui-même. Mais qui dit marcheur dit chercheur et qui dit chercheur dit enquête.

— Mais en quête de quoi ah ah ah.

La voix nazillarde poursuit :

— Si vous me permettez un petit trait d'humour, euh euh, quand Martinus de Liège a rencontré Liutprand de Barcelone sur une petite plage de Thessalonique, il lui a dit ceci : « la mort non, mais la mort à delle oui ». Euh euh !

Pour moi, c'en est trop, j'éteins la radio, Galena a trouvé une émission qui parle de notre bonne ville de Nantes :

— Salut chers téléspectateurs, alors pour ceux qui ne le savent pas encore, à Nantes aujourd'hui c'est plutôt la cata, on parle d'une invasion de morts vivants, brrr ça fait froid dans le dos. Nous avons invité plusieurs personnes pour en parler : la députée du Front Patriotique, Mademoiselle Marie Marchal-Nouvoila, la présidente des Verts de Terre Pure, Clémentine Hautaine, le politologue Raymond Leserf, et le journaliste essayiste Edwy Plennden.

Alors, Mademoiselle Maréchal-Nouvoila, quelle est votre réaction suite à ces événements tragiques ?

Une jeune élue blonde répond avec un ton grave :

— *C'est le résultat de nombreuses années de gouvernements de droite comme de gauche qui sont incapables d'assurer la sécurité des Français. À mon avis, il aurait fallu pour gérer cette crise, un gouvernement qui ose prendre les décisions courageuses qui s'impose : il faut se donner les moyens militaires pour intervenir dans la ville et tuer tous les zombies en avançant quartier par quartier, immeuble par immeuble. Sinon, je crains que l'infection se propage à d'autres villes ou à d'autres régions.*

La verte réagit avec sa petite voix enfantine :

— *Ah non alors, évidemment l'extrême-droite ne prône que des solutions violentes. Moi je me demande pourquoi dans cette affaire, personne n'a pensé à établir un dialogue avec les malades. Car il ne faut pas oublier quand même que ce sont toujours des êtres humains, on doit prendre cela en compte avant d'agir. D'ailleurs pour nous, le vrai danger c'est pas cette épidémie, le vrai danger c'est le programme du Front Patriotique.*

Marie répond vertement :

— Non mais c'est un comble ça, encore une fois on nous diabolise, plutôt que de cerner le problème présent.

Le présentateur réagit :

— Allons Mesdames, il faut respecter le temps de parole de chacun dans ce débat… tiens vous Monsieur Leserf, quelles vont être selon vous les conséquences politiques de ce qui arrive à Nantes aujourd'hui ?

— Hé bien je vois plusieurs possibilités : soit le gouvernement socialiste montre sa capacité à réagir à l'événement et dans ce cas les électeurs de gauche donneront leur plein potentiel aux prochaines élections, soit il est jugé incapable et dans ce cas il y a deux autres hypothèses : le report des voix de gauche se fera en faveur de l'extrême-droite, ou bien en faveur de la droite. On peut donc imaginer plusieurs scénarios aux élections présidentielles et législatives, qui pourront favoriser tantôt la gauche, tantôt la droite, tantôt l'extrême-droite.

— Merci Monsieur Leserf, je donne maintenant la parole à Monsieur Edwy Plennden, un commentaire ?

— Et bien non, je crois que tout a déjà été dit autour de cette table, comme d'habitude l'extrême-droite prône des solutions populistes et simplistes. D'ailleurs le Front Patriotique est le grand bénéficiaire des émeutes qui frappent la pauvre ville de Nantes. Comme je l'ai dit dans mon dernier article, je crois qu'il serait plutôt temps d'unir nos efforts pour combattre toute menace de quelque bord qu'elles viennent.

Marie coupe le journaliste pour asséner :

— C'est facile de brandir le drapeau de l'union alors que votre journal, Monsieur Plennden, est propriété d'industriels qui ont financé la campagne du président. Vous avez les mêmes patrons, et voilà pourquoi vous voulez masquer les responsabilités du gouvernement dans cette affaire terrifiante, on parle de 500000 morts, combien de morts encore faudra-t-il pour que quelque chose de concret soit décidé ?

— 500000 morts ! Mais d'où sortez-vous des chiffres pareils, tout d'abord il est à remarquer qu'ils ne sont pas morts puisqu'ils déambulent encore dans les rues de Nantes. Allez Mademoiselle, laissez les journalistes sérieux faire leur travail. Vos mensonges et vos extravagances n'abusent personne, répond le journaliste.

Il s'ensuit un brouhaha que le présentateur peine à calmer.

Galena zappe d'elle-même sur une émission en direct avec un reporter en hélicoptère au-dessus de la ville de Nantes. Je jette un rapide coup d'œil sur l'image du centre-ville vu de haut, un tableau apocalyptique se dégage : des voitures accidentées, des cadavres calcinés, des trous d'obus, des immeubles en feu, on se croirait à Dresde après le bombardement anglo-américain de 1945. Dans un hélicoptère, le reporter Jean-Rémi Pateau est en tenue de journaliste de guerre :

— Je suis actuellement dans un hélicoptère et nous survolons une zone sinistrée. Nous passons à côté de la tour Bretagne où d'importants combats ont eu lieu aujourd'hui avec les courageux marsouins. Mais depuis une heure, les blindés se sont repliés plus au nord du côté de l'Université.

— Jean-Rémi, est-ce que vous pouvez nous dire si vous voyez des contaminés ? questionne le présentateur du JT.

— Oui, bien sûr, nous en voyons, et même de près. Je peux vous dire que ça fait peur, heureusement qu'ils ne savent pas voler. Là regardez, nous orientons la caméra vers la rue, est-ce que vous le voyez ? Ahrgh mais que se passe-t-il avec cet hélico, remontez, remontez, nous descendons trop vite !

Sur l'écran on voit le sol se rapprocher à toute vitesse.

— Qu'est-ce qui se passe... Jean-Rémi ? Il semble que nous ayons été coupés avec notre envoyé spécial, ...

sans transition, Federer remporte une nouvelle fois Rolland Garros où la princesse Caroline s'est rendue avec son nouveau fiancé...

Je dis à Galena d'éteindre sa tablette :

— C'est pas la peine, la télévision ne nous apprendra rien, allez viens, on arrive chez mon pote.

CHAPITRE 12
ZOMBIE LIVREUR

Je gare mon van devant l'immeuble de mon ami François, un vieux bâtiment grisâtre et insalubre. La rue est déserte. J'appuie sur l'interphone un petit peu anxieux à cause des cannibales qui rôdent. Heureusement, le copain répond assez vite, mais j'entends un grognement dans le haut-parleur :

— Grummmppffff Ahhh Ahhrrrg !

— Oh non, pas toi !

S'ensuit un fou-rire :

— Ha ha ha ! Je t'ai bien eu ! Je fais bien le zombie, hein ? J'aurais pu tourner dans le Retour des Morts-Vivants 3.

— T'es trop con, allez ouvre-nous vite !

À peine la porte déverrouillée, nous nous engouffrons dans les escaliers. Nous montons les six étages. L'humidité décore de vert de gris les murs que Galena fait attention de ne pas frôler. L'appartement de mon pote François ne vaut pas mieux : le bois des fenêtres est tellement vermoulu, qu'il ne peut plus les ouvrir, et il y a entre deux et cinq centimètres de jour sous chaque porte ; mais étrangement, mon pote ne veut pas quitter ce lieu. Il dit qu'aucun voisin pour se plaindre du bruit, la difficulté de monter sept étages à pied qui rebute l'huissier, ça vaut de l'or en ville.

Il nous fait entrer. C'est un célibataire d'une trentaine d'années qui ne porte que des tee-shirts amples décorés de dessins rappelant un film culte genre : Star Wars, Alien, Matrix, ou le Seigneur des Anneaux, sans doute pour cacher sa graisse. Il est un fan absolu, il collectionne les produits dérivés achetés à prix d'or.

Galena a un haut le cœur : ça sent le chacal hurleur par nuit de pleine lune. Le ménage ne fait pas partie de ses passe-temps, sauf pour ses figurines collectors qui paraissent comme neuves sur les étagères remplies de poussière. Lui, il aime passer son temps libre dans son canapé, qui garde l'empreinte de ses fesses, face à une télévision grand écran, accrochée au mur. Celle-ci fait aussi fonction d'écran à son ordinateur posé sur une table qui lui sert de bureau. Elle est encombrée de fils, de *rooters*, d'une vieille C.B., de papiers, de restes de pizzas, de cannettes de bière, qui débordent sur le sol, formant un amas d'alu craquant sous les pas . François tend à Galena une chaise de jardin qui a dû passer l'hiver dehors, celle-ci décline poliment l'invitation. Quant à moi, je m'installe sur un vieux tabouret de cuisine. L'espace d'un instant, je regrette d'avoir amené Galena chez François, j'ai l'impression en la regardant si belle dans ce capharnaüm, d'une statue du jardin des plantes dans une décharge publique.

— Alors Mickaël, c'est ta meuf ?

J'ignore le côté rustre de la demande.

— Je te présente Galena, la cousine bulgare de mon futur beau-frère.

François la dévore des yeux, comme le ferait une midinette devant une boutique de fringues.

— Enchanté Mademoiselle ! On s'fait la bise ?

Elle fait non de la tête d'un air dégoûté, mais en Bulgarie, les oui et non sont inversés, alors François lui fait de gros smacks baveux sur les deux joues.

Galena sort discrètement de son petit sac des lingettes parfumées qu'elle utilise pour effacer l'outrage.

Comme nous n'avons pas beaucoup de temps devant nous, et pour éviter qu'il réitère ce genre d'exploits, j'attaque d'emblée :

— Bon, y'a urgence là ! T'as une idée de l'origine de cette invasion ?

Il cherche sa souris sous des monceaux de papiers et me répond en ouvrant des tas de pages web :

— Sur la toile ça s'agite à bloc : alors... y en a qui disent que c'est un coup des Illuminatis, d'autres pensent plutôt au N.O.M.. Ah ! J'ai un site là, qui fait le lien entre ce qui arrive chez nous avec la Zone 51, ce serait l'armée américaine qui aurait fait des expériences...

— T'as pas des explications plus crédibles ?

— Bien sûr que si, tu me prends pour un manche ? J'ai relevé où étaient les premiers signalements de zombies ce matin, j'ai mis ça sur une carte de la ville et j'ai découvert que l'infection a commencé dans un même quartier : Chantenay ! Tu te souviens de la vielle usine Armor désaffectée dans ce quartier ? Et bien, devine qui l'a rachetée il y a six mois ? - Je n'ai pas le temps de répondre - La société Syngesanto !

— Tu déconnes ! Que fout une multinationale d'agrochimie en pleine ville ?

— Tu l'as dit, j'ai trouvé des témoignages sur les forums sur les magouilles de Syngesanto : ça fait des semaines que le voisinage se plaint de leurs activités. Il y a des odeurs bizarres, des bruits étranges, un remue-ménage de camions... C'est du lourd, du très très lourd...

— Ok ! Qu'est-ce que ça prouve ?

— Rien en soi, cependant Syngesanto sont les champions du génie génétique. Ils ont des centaines de procès sur le dos pour avoir contaminé les sources d'eau dans des pays pauvres, et leurs pesticides causent des maladies neurologiques terrifiantes. Je parierais qu'ils ont voulu mettre au point un truc nouveau et qu'ils l'auraient essayé à Nantes.

— Mais pourquoi Nantes ? C'est stupide, il n'y a rien ici, juste une ville ordinaire avec des gens ordinaires. On n'est même pas un lieu stratégique, les chocos BN et les biscuits LU sont produits ailleurs, même notre club de foot ne vaut plus rien.

Les doigts boudinés du geek tombent sur un morceau de pizza de la veille qu'il enfourne d'une seule traite et me répond la bouche pleine :

— Ouaich chai drôle...

Galena qui s'était tenue coite jusque-là, impatiente de quitter l'antre de ce geek de François, s'inquiète au sujet de son cousin :

— Dobré, on doit aller dans le *center* pour mon cousin. Comment on y va ?

François nous regarde incrédule :

— Le centre-ville ! Vous avez pas vu les dernières images, des morts-vivants par milliers, des incendies, des carcasses de voitures qui bloquent les rues, des hélicoptères de l'armée et des drônes qui flinguent tout ce qui bouge, c'est du suicide !

Galena insiste avec l'entêtement « tipiktchno » des Bulgares :

— Le centre-ville, oui « taka é », regarde tes « computers », connais-tu un moyen facile d'y aller ?

Comme François tourne la tête vers moi, je lui confirme notre détermination.

Il soupire, avale un demi-litre de coca, et rote une succincte réponse :

— Et vous voulez aller où exactement ? Euh.

Je détourne la tête alors que Galena cache sa bouche et son nez sous son adorable main aux doigts vernis.

— À la tour de Bretagne.

— Vous allez vous faire bouffer tout cru ! qu'il me répond.

Je révèle alors à François toutes mes découvertes sur les moyens de combattre la zombification ou de détruire les infectés. Il m'écoute avec intérêt, me pose mille questions, et va chercher des cannettes au frigo. Quand il revient, il me dit avec une lueur inquiétante dans les yeux :

— C'est du lourd ! Du très très lourd ! Puis en trinquant avec nous : on va combattre une armée de zombies, c'est génial ! Qui aurait dit qu'on deviendrait des super-héros !

Je calme l'ardeur de mon pote, qui deux secondes auparavant me traitait de fou de vouloir aller en centre-ville :

— Oh là, du calme, même armés de produits artisanaux, c'est quand même dangereux d'affronter les zombs. Demande à Galena, elle te le confirmera.

— Pas besoin, j'ai vu les images sur Youpub : l'armée s'est pris une branlée magistrale, il y a des vidéos qui font le buzz. J'ai bien rigolé en tout cas de voir ces connards se faire massacrer.

Galena s'impatiente, et telle une enfant gâtée, claque son talon sur une cannette de bière qu'elle éclate en deux :

— Alors, ce plan ?

— Ça vient, répond mon pote avec un sourire démoniaque : je vais faire de vous de véritables X-Men, des paladins des temps modernes, sauf que l'eau bénite aura le goût du pinard. En premier lieu, on va examiner votre itinéraire, j'ai justement des images en direct des cams extérieures et des drones privés, on va essayer de voir s'il y a un passage un peu plus praticable jusqu'à la tour.

Les images défilent à toute vitesse sur l'écran géant, les yeux de mon pote semblent immobiles et pourtant il arrive à me trouver en moins de deux minutes un itinéraire disponible : il est possible de contourner le centre en passant par Bastille, Mercoeur, des rues encore désertées par les flics et les zombies, mais jusqu'à quand ?

— Point 1 : itinéraire, réglé.

La sonnerie de l'interphone retentit.

— T'attends quelqu'un ?

— Le livreur de pizz...

— Tu crains toi ! Avec tous les zombies en ville, toi tranquillos tu commandes une pizz ! T'as pensé si ton livreur était zombie ?

— Pas chez Rapid Pizza, ils sont sérieux. J'ai commandé une quatre fromages et la spéciale breizhou avec des sardines. Tout en énumérant ses préférences, mon pote appuie sur l'interphone :

— C'est au septième !

Soudain, il semble prendre conscience de ce qu'il vient de dire et de la situation.

— Merde j'suis trop con !

Nous attendons anxieusement pendant quelques minutes.

— J'ai une idée, dis-je en brandissant mon pulvérisateur à Grolleau.

Je me cache derrière la porte tel un inspecteur du FBI. Il ouvre prudemment la porte, et avance à pas de loup sur le pallier, écoutant ce qui se passe dans les escaliers. Un grognement lugubre lui parvient et ne laisse aucun doute sur la sinistre destinée du livreur de pizzas.

François traîne ses cent-vingt kilos et revient essoufflé nous prévenir :

— Il arrive ! C'est bien un zomb avec l'uniforme rouge et blanc de Rapid Pizza, le con !

Je confie un pulvérisateur de Grolleau à mon pote et je vais me rendre compte par moi-même. Je constate que mon pote a dit vrai, la casquette estampillée à l'effigie de Rapid Pizza ne tient que sur l'unique oreille qu'il reste au crâne dont un œil pend à l'extérieur de son orbite.

Je grimpe à nouveau quelques marches pour rejoindre mes amis. Je farfouille dans le frigo de mon pote, et me retourne un Maroilles à la main, François m'interrompt :

— Attends, il nous le faut intact !

— Quoi ? éructé-je.

Mon pote s'envole dans l'imaginaire :

— C'est l'occasion ou jamais de capturer un zombie, on pourra l'étudier de près, on trouvera peut-être un genre de vaccin, chai pas moi. Tu m'as bien dit que t'as aidé un voisin à se désintoxiquer du virus, alors en cherchant un peu, on pourra même sauver le monde ! Je mettrai les vidéos sur ma chaîne Youpub, et à nous la célébrité !

— T'as une idée de comment on va faire pour le capturer ?

— Alors, tu l'asperges et moi je le chope par derrière et le bâillonne avec le Maroilles. Il vaut mieux prendre des précautions et s'en tartiner nous-même.

Il enlève son tee-shirt pour révéler un torse poilu, des seins graisseux au lieu de pectoraux et une grosse bedaine ronde. Il baisse son pantalon et se retrouve en vieux caleçon usé et odorant.

Je suis la moue écœurée de Galena :

— Si j'étais un zombie, rien qu'à te voir comme ça, je fuirais !

— Euh... t'es con. me réplique-t-il laconiquement.

Il se tartine la bedaine de Maroilles. Pour pallier à toute mauvaise surprise, et donner une arme à Galena, je farfouille à nouveau dans son frigo et déniche un vieux Boulogne et un roquefort AOC, les fromages rêvés pour créer une crème protectrice anti-zombs. Je les sors, mais François râle :

— Oh non pas ceux-là ! Ils sont trop bons, prends plutôt la vache-qui-rit.

— C'est ça, des fromages de multinationales ! Tartine-toi avec et le zombie ne fera qu'une bouchée de toi, lui indiqué-je.

— Tu sais combien ça coûte au moins ? se plaint-il.

— Je te les rembourserai... si on survit.

Une fois la peau de François beurrée à l'A.O.C. tradition, j'asperge ses cheveux de Grolleau et lui administre une énergique friction. Galena tient position à l'arrière.

François, toujours friand de blagues de mauvais goût s'approche de Galena :

— Un bisou ! fait-il en avançant ses lèvres en cul de poule.

Instinctivement, Galena l'asperge de Grolleau tout en secouant frénétiquement la tête de haut en bas, ce qui veut dire non en Bulgare. François prend ça pour une invitation, il lui applique quelques grammes de Maroilles sur les joues.

SMACCKKKK !

La gilfe de Galena claque spongieusement car elle avait dans la main le Vieux Boulogne qui vient s'écraser sur la face de mon pote ébahi. Il le récolte avec les doigts et lèche ceux-ci avec délectation.

— Mmmmmm, cha chai du fromache !

J'estime devoir remettre bon ordre :

— Bon François ça suffit, c'est pas les jolies filles en vie que tu dois effrayer…

Pendant ce temps, notre livreur-zombie est presque arrivé sur le pallier, titubant avec ses cartons de pizzas. François me dit tout bas :

— J'espère qu'il a pas gâché les pizzas.

J'ai récupéré dans la piaule de mon pote un maximum de câbles informatiques et quelques sangles de plastique. Et nous voici tous trois prêts à l'embuscade : moi derrière la porte, François s'apprêtant à ouvrir, et Galena en fond de pièce.

La sonnerie de la porte d'entrée nous fait tous bondir. Qui aurait cru que ce con de zombie allait sonner ? Mon pote trouve encore moyen de plaisanter :

— T'as de la monnaie pour la pizza ?

Je lui renvoie un regard réprobateur et il la ferme.

Un regard complice, il ouvre la porte...

— Arghhhh Grumpfff Screunn !

Mon pote confisque rapidement les cartons de pizzas tout en aspergeant le livreur-cannibale de pinard.

— Aheuuu Maheuuufff...

Sa face pourrissante fond sous l'effet du Grolleau comme du polystirène dans l'acétone, ses orbites se creusent, laissant couler les globes oculaires sur les joues pendantes. Ses doigts se crispent comme ceux d'une vieille dame sous l'effet de l'arthrite, alors que ses mains se recroquevillent contre ses avant-bras. Le spectacle n'est pas très ragoûtant, j'espère que Galena ne le voit pas. Mais au lieu de penser à ma belle, je ferais mieux de capturer ce dégoulinant. Non pas que je m'inquiète pour la moquette de mon pote qui en a vu d'autres, mais il pourrait avoir un sursaut et nous surprendre, puis nous mordre. Je tiens fermement mes câbles électriques et à mesure que mon pote recule, le zombie s'avance dans la pièce. Bientôt ce sera mon tour de le ceinturer…

Subitement, cet abruti s'arrête et tend la main, comme pour réclamer un pourboire, mon pote me regarde des points d'interrogation plein les yeux, je lui fais signe de filer un peu de pognon au zombie. En effet la particularité de ces zombies réside dans le fait qu'ils continuent à se comporter comme les gens qu'ils ont infectés, les instincts zombiesques en plus.

Malheureusement, le cadavre-livreur est encore devant la porte, je ne peux donc pas bondir derrière lui pour l'attraper. Je tente de faire signe à mon pote de le faire avancer, lorsque Galena avance au milieu de la pièce, une poignée de billets dans la main. Elle a du cran ! S'il ne les avait pas déjà hors de ses orbites, pour sûr que les yeux du zombie s'y seraient éjectés. Il ressemble au loup de Tex Avery, le charme en moins. Je le vois avancer, je tends les cordages entre mes mains, ça y est je lui saute dessus et le ceinture ! Au même moment, François l'asperge et Galena lui enfonce le Roquefort dans la bouche avec de l'adhésif par dessus. Tout de même, il faudrait pas qu'il nous fonde dans les mains ! On a besoin de lui vivant, enfin presque…

Je réussis à l'asseoir sur la chaise en plastique, celle que François avait proposée à Galena, et j'enroule les fils entre les trous de la chaise, zut un câble me glisse entre les mains et cette saleté en profite pour se retourner. Le voici arque bouté sur la chaise comme pour faire des pompes ; le talon aiguille de Galena l'atteint dans les reins et le plie en deux dans le sens inverse.

— Eheuarrrkkk Fleurrkkkmmggh !

Le craquement sinistre ne semble pas émouvoir la belle bulgare, au contraire, une sorte de jouissance se lit sur son visage. Mon pote la regarde, de l'admiration plein les yeux, comme je le comprends. Je saisis à nouveau le câble perdu et tire d'un coup sec. Merde ce con se partage en deux ! Ses jambes fuient à travers la pièce ! François se jette dessus, mais reçoit le pied du zombie dans ses parties. Plié en deux de douleur, il ne nous est plus d'aucun secours, alors que je lie le tronc sur la chaise, Galena asperge les jambes qui la poursuivent.

— Bégaye ! Bégaye[21] !

Je dois trouver une solution, que faire ? Je suis toujours occupé à nouer les câbles entre eux, mais essayez de faire des nœuds avec des câbles, vous ! Un pote breton m'a appris à faire un nœud spécial : plus le mec tire, plus le nœud se resserre ; je m'y reprends à trois fois, merde j'ai oublié la technique, voyons, la boucle dessus... dedans... ouf, ça y est ! Je peux aller aider Galena qui a décidé de faire front aux jambes folles en brandissant ses talons dans les mains ; défense inutile de femme. Je chope un verre d'eau et l'expédie sur la face de mon pote :

---

[21] Dégage !

— Debout gros lard ! On a besoin de toi.

Aussitôt, le gros s'extirpe des vapes et s'élance vers les jambes fugueuses, mais il glisse sur une cannette et s'affale sur le « bassin autonome ». Comme le gros est encore plein de fromage, l'effet ne tarde pas à se faire sentir et les jambes se calment immédiatement. Galena est rouge de colère et d'efforts, cependant elle remet tranquillement ses haut-talons.

— Gloupak zombie !

Je te le fais pas dire ! Maintenant, il faut encore trouver de quoi enfermer cette chose, tout en le gardant en non-vie. La première chose à faire est de nouer les jambes afin de parer à toute velléité d'évasion. Le tronc est coincé sur la chaise en plastique, faut-il les mettre ensemble ou prévoir deux boîtes séparées ? Je fais part de ce dilemme à François tout en l'aidant à se relever.

— Ah la vache ! Le fumier, il a bien failli m'avoir ! Allons au labo, j'ai de quoi maintenir cette merde.

Mon pote est bien remonté. Nous entrons dans ce qu'il appelle son labo, en fait un dressing-room qu'il a transformé en atelier où trônent sur des tables branlantes, alambics, becs benzène, éprouvettes, carnets de notes, balances, et au fond, une sorte de cercueil en fer...

— C'est le cercueil de mon oncle Karl. Tu te rends compte, il l'a fait faire en acier trempé, un maniaque. J'ai bien fait de le récupérer, je savais bien qu'il me serait utile un jour ou l'autre. m'explique mon pote.

— Mais t'es taré ! T'as piqué le cercueil de ton oncle ? Et comment on l'a enterré alors ? m'enquis-je.

— T'es con, il est pas mort, il moisit dans un asile à Cambrai. Il avait commandé ce cercueil alors qu'il était sûr de crever : les médecins lui avaient donné un mois à vivre après un examen. Figure-toi que ces cons s'étaient trompés de dossier, lui qui avait pas le cerveau bien en place, ça l'a achevé, et du coup j'ai récupéré le cercueil.

On ouvre le cercueil, le plus dur sera d'y mettre les deux parties du mort-vivant, de le contenir pendant qu'on mettra le couvercle. On se munit chacun d'un aspergeur, je délie les liens de la chaise pour les nouer directement dans le dos. On transporte les deux paquets qui se débattent tant bien que mal dans leurs liens, et on les pose dans le cercueil. Galena s'approche et avant qu'on ne pose le couvercle, crache sur la face cireuse du zombie.

J'adore quand un plan se déroule sans accrocs. Mais j'ai parlé trop tôt, mon portable bippe, c'est un SMS de ma sœur, elle me prévient que je ne dois pas perdre de temps. Non, sans blague !

CHAPITRE 13
LA TOUR BRETAGNE INFERNALE

La nuit tombe, les lampadaires s'allument. Contrairement à l'ordinaire, rares sont les lumières aux fenêtres ; soit tout le monde est zombifié, soit les Nantais se terrent dans l'obscurité pour ne pas attirer les morts. Un silence inhabituel et angoissant domine les rues. Comme j'aimerais maintenant entendre le grincement strident d'un tramway, les éclats de voix des disputes, et les sirènes de police ! Pas de doute, c'est peur sur la ville version cannibales, cependant le député-maire n'a pas la classe de Bebel. Nous roulons à bord du van en direction du centre-ville, Galena et moi sommes revêtus d'un costume de gardes impériaux de Star Wars, munis d'une caméra sur le casque. Quand François m'a montré comment il comptait nous protéger des zombs, j'ai objecté que ces habits étaient des produits dérivés qui risquaient, de par leur nature, de nous attirer tous les décharnés de la ville. Il m'a finalement convaincu. D'une part ces costumes ont été fabriqués par lui-même, d'autre part ils sont solides et peuvent résister à des morsures. François a enduit nos brassières et nos jambières du saindoux qu'il utilise normalement pour préparer ses crêpes ; c'est dire que mon pote est prêt à tous les sacrifices !

De sa tour de contrôle – at home – mon pote geek gère toute la ville et nos déplacements. Nous communiquons par casque et micro. Malgré son déguisement, je trouve Galena toujours aussi sexy, décidément tout lui va !

J'entends la voix de François grésiller dans mes écouteurs :

— Mickaël ? Galena ? Vous m'entendez ?

— Cinq sur cinq ! je réponds.

— Super, j'ai du nouveau : j'ai cherché où se trouvait exactement le bureau où travaille ton futur beauf, hé bien j'ai trouvé : c'est à l'avant-dernier étage de la tour !

— Ah ! C'est une bonne ou une mauvaise nouvelle ça ? demandé-je.

— La bonne, c'est que plus l'on se trouve dans un étage supérieur, plus on a des chances de s'être caché à temps des zombies, pas facile pour des décharnés complètement stupides de monter 37 étages d'une grande tour. Il faut espérer que ton gars n'ait pas eu l'idée saugrenue d'essayer de descendre, explique mon pote.

— Il faut espérer, répond Galena.

— Bon, la mauvaise nouvelle c'est qu'aller au sommet d'un si grand bâtiment, c'est prendre le risque d'y rester piégé, renchérit François.

Je ne réponds rien, de toute façon entre prudence est mère de sûreté, et à cœur vaillant rien d'impossible, il faut bien faire un choix, et je ne peux faire preuve de lâcheté, étant donné que je suis le chevalier servant à la fois de ma sœur et de Galena, et le potentiel sauveur de Nantes, voire de l'humanité. Je me sens l'âme de « Barbetorte ».

Nous empruntons l'itinéraire indiqué par mon pote, et cela fonctionne. Les rues sont praticables et peu fréquentées par les contaminés. J'en éclate bien deux ou trois, non sans ressentir un certain plaisir, car il n'y a aucune loi, ni aucune culpabilité à rouler sur des morts mangeurs de chair humaine, et puis de toute façon c'étaient des rappeurs et moi, j'aime pas le rap.

Au bout de la rue Mercoeur, je tourne pour rouler sur la voie du tramway, lorsque le sifflement caractéristique d'une rame attire mon attention. Quelques tramways fonctionnent encore, il est vrai qu'ils sont automatisés maintenant. Je constate donc que celui-là s'arrête à la station Place du Cirque. Elle porte bien son nom puisque à peine les portes ouvertes, les centaines de zombies s'extraient du wagon et courent en notre direction. Je passe la quatrième et traverse en trombe la zone piétonne qui nous mènera au pied de la tour.

Le spectacle est terrible ! Des obus ont éclaté les dalles, un tramway rend son dernier soupir dans une fumée noirâtre, ci-gît un char d'assaut, des centaines de restes humains calcinés forment une marelle morbide. L'armée a testé tous ses joujoux sur les morts-vivants : roquettes, napalm, lances-flammes, agent orange, c'est Apocalypse Naoned ! Pourtant, des formes humaines errent en boitant, on se croirait dans Z-Nation. Les soldats ont dû regagner leur caserne puisque le seul rappel de leur présence est le désordre qui règne dans le centre-ville. Seuls quelques drones survolent encore l'endroit. Une bonne nouvelle : nous avons semé nos poursuivants.

Dans le ciel nantais, les hélicoptères des chaînes de télévision du monde entier, retransmettent en direct le combat peuple vs zombies entre deux pages de pub. Certains commentateurs vont jusqu'à spéculer sur les gagnants et le nombre de morts, d'autres décrivent à loisir le look de certains zombs particulièrement bien sapés ou bien mordus.

Je freine sévère devant l'entrée de la tour, déjà deux zombies tapent à nos fenêtres, ça commence bien ! Je fais marche arrière et accélère sur une dizaine de grogneurs ; en stoppant brusquement le van, je laisse une traînée de caoutchouc brûlé et de sang sur le dallage de la place. Nous prenons le risque de sortir du véhicule et piquons un cent mètres vers les portes automatiques. Hélas, celles-ci refusent de s'ouvrir ; voyant claudiquer vers nous quelques estropiés, Galena et moi se mettons à sauter, tels des lapins, devant les portes. Elles s'ouvrent enfin, et nous nous engouffrons dans la tour. Malheureusement, ces portes sont de qualité française : elles ne font que ce qu'elles veulent et après nous avoir snobés pour entrer, elles ne se referment plus. Deux trois zombies se regardent, regardent la porte, et soudain se précipitent dans notre direction. Le premier qui arrive est surpris par la porte qui se referme sur sa tronche et l'explose en mille miettes. Une aubaine pour les mouches vampires.

Une autre explosion attire mon attention : un drone vient de tirer une roquette sur notre van !

Le hall d'entrée n'est pas exempt de zombs, un homme d'affaire à qui il manque la mâchoire inférieure, nous offre un sourire peu réjouissant, une femme de ménage cherche frénétiquement son bras manquant dans le tas de chiffons qui gît dans sa corbeille, un agent de sécurité tangue dangereusement sur son unique jambe.

Charitables, nous abrégeons leurs souffrances avec du pinard, y a pire comme mort. Les dents d'un dentiste contaminé se brisent en essayant de mordre dans mon armure, tandis que Galena expédie un soldat livide contre le bureau d'accueil, avant de le pulvériser dans les deux sens du terme. Une grosse secrétaire charge en poussant son cri de guerre :

— Warrkkkkmamoeueugggfhhn !

Elle me renverse, nous basculons tels un bulot, je crispe mes mains sur son cou pour l'éloigner du mien : c'est une furieuse celle-là, revêche et inconciliante à son poste administratif, soldat d'élite chez les zombs ! Heureusement, j'ai l'idée d'enclencher le petit mp3 que François nous a installé dans notre armure : aussitôt la musique entraînante d'une gavotte fait grimacer de douleur mon « agraisseuse » et je parviens à dégager ma main qui contient mon spray, une bonne giclée de Grosleau et c'en est fini de la grosse ! Je me relève plein de gras, de bave, et de sang, rejoins Galena tout en tentant de m'essuyer pour garder figure humaine. Elle a appuyé sur le bouton d'un ascenseur et nous attendons que ce dernier arrive du 14e étage.

D'autres zombies surgissent d'un peu partout, nous sommes encerclés par une véritable horde d'une trentaine de macchabées. J'augmente le son de mon mp3, cette fois j'ai mis Tri Martelod. Cela provoque chez nos ennemis une certaine confusion. Côte à côte avec Galena, nous repoussons les plus téméraires jusqu'à ce que l'ascenseur sonne avant d'ouvrir ses portes. Alors que je recule, faisant face à mes adversaires, des dizaines de mains essayent de m'attraper par derrière, je suis comme happé dans la cabine.

— Au secours, hurlé-je.

Galena asperge de rakiya les assaillants comme le curé asperge d'eau bénite les infidèles. Je me débats contre les morts que je liquéfie à tour de bras. Jamais je n'ai autant apprécié le vin local. Quand nous parvenons à détruire les derniers zombies de l'ascenseur, les portes se referment sur nous, Galena appuie sur le 20, dernier étage pour cet ascenseur, car petite spécialité locale, il faut deux ascenseurs pour atteindre le sommet de la tour. J'entends les morts qui frappent encore les portes en grognant de dépit. Galena et moi sommes en piteux état, mais nous n'avons pas été mordus.

— On se débrouille bien pour l'instant, dis-je à ma belle alliée.

— On fait une bonne équipe ! répond-elle, le sourire aux lèvres, comme si nous n'avions fait que jouer.

Elle sort d'une poche de son costume un petit tube de rouge à lèvres et profite du miroir de l'ascenseur pour se refaire une beauté. Sacrée Galena!

François nous félicite :

— Bravo, vous êtes les meilleurs ! J'ai déjà mis la scène de votre combat sur Youpub, on a déjà récolté 300,000 vues !

Il ne perd pas de temps le geek !

Soudain mon téléphone vibre, je réponds, il nous reste dix étages à monter. C'est Véronique, mon ex-femme, je l'avais oubliée celle-là.

— Véro ? Ça va ?

— Non ça va pas du tout Mickaël, nos enfants ont été enlevés par les forces armées, je ne sais pas où ils sont, et de plus je ne peux même pas sortir de cette ville, là c'est le ponpon ! On nous a mis en quarantaine, tu te rends compte ? Et tout ça en pleine pandémie.

— T'es en sécurité j'espère ?

— Bah c'est pour ça que je t'appelle en fait, j'ai voulu faire des courses au supermarché avant de rentrer, et puis je suis tombée sur tous ces trépassés mordeurs. J'ai été dans une laverie automatique dont j'ai réussi à bloquer la porte. Mais depuis, je suis coincée ici, et eux, ils sont scotchés à la vitre, à baver comme des « dogos ».

— Bien, t'es encore entière, surtout n'essaye pas de sortir.

— Ça c'est bien toi, typique, toujours à me donner des conseils d'une évidence crasse !

L'ascenseur arrive au 20e étage. Les portes s'ouvrent.

— Excuse-moi, je dois raccrocher, je suis occupé là.

— Quoi ? Je suis assiégée par des tarés et... bip bip bip.

Je range mon téléphone et suit Galena qui m'a devancé dans le couloir, son arme à la main. La voix de François grésille :

— Il faut que vous preniez l'ascenseur pour les hauts étages, il doit être en face de vous normalement.

Effectivement c'est le cas, Galena et moi inspectons les lieux, cet étage semble être désert. Ce sera peut-être plus facile que prévu de monter jusqu'en haut. Soudain une porte s'ouvre à deux pas de nous, aussitôt nous braquons la personne qui en sort avec nos vaporisateurs. L'individu est couvert de sang, ses vêtements sont déchirés. Je parie que c'est un zombie, à moins que... mais non, il a l'air paniqué, et de plus il a une petite caméra fixée à une casquette. On dirait un journaliste.

— Z'êtes pas morts ? demande-t-il en tremblant.

— Non, non, vous inquiétez pas.

Il s'approche de nous, et semble étonné par notre présence :

— Vous êtes des militaires, c'est ça, Unité spéciale ?

Galena répond :

— Né, pas soldats, mais spéciaux oui !

L'homme réalise qu'il y a encore des survivants et que nous pouvons lui être utiles :

— Est-ce vous avez un téléphone portable, le mien a brûlé dans l'hélicoptère et les lignes de l'immeuble sont coupées.

Je lui prête le mien, il me le prend comme un affamé se jetterait sur de la nourriture, et compose un numéro, ça décroche :

— Allô, c'est Jean-Rémi, passe-moi la rédaction s'il te plaît... mais non je suis pas mort... non ce n'est pas une blague, je suis sorti de l'hélico et j'ai réussi à me réfugier dans la tour Bretagne, là j'ai trouvé deux agents de sécurité... bon, vous venez me chercher ?... Comment ça non ? Vous allez pas m'abandonner là !... Quoi ?... Filmer ce qu'il se passe en ville ?... J'en ai rien à foutre de l'audimat, là je risque de me faire bouffer !... Allô ? Allô ? Ah les salauds, ils ont raccroché !...

Ça sonne de nouveau, le gars décroche :

— J'ai cru que vous aviez raccroché les gars ! Allô ? Non je m'appelle pas Mickaël, vous êtes qui d'abord ?... Véronique ?... Connais pas, vous travaillez à la rédaction ou à la vidéo ?

Je réalise que c'est ma Véro, la mère de mes enfants, je lui reprends le portable :

— Allo Véro ? Véro ?... Bip bip bip...

Le gars me dit avec un sourire Colgate :

— Vous savez qui je suis ? Je fais de la télé !

Galena hausse les épaules :

— Né, jamais vu.

— Bon, j'ai besoin de vous, il faut que je trouve des contaminés pour les filmer.

Je réponds en revenant à mes moutons :

— Pardon monsieur, nous avons une affaire urgente à régler, une autre fois ce sera avec plaisir...

Jean-Rémi commence à paniquer :

— Vous allez pas me laisser seul ! Je suis un reporter de la télé !

— Si vous voulez nous accompagner, moi j'ai rien contre.

— Ah ! Merci, je vais tout filmer, vous passerez au prochain JT, ce sera un scoop d'enfer... au fait, vous allez où ?

Galena désigne l'ascenseur ascendant :

— Na goré[22]... !

Nous appuyons sur les boutons des ascenseurs pour les étages supérieurs, ceux-ci commencent à descendre depuis le 37e étage.

La deuxième montée nous semble plus rapide que la première, effet d'habitude sans doute. Au petit cling d'arrivée, nous braquons nos sprays. Pour une fois, le corridor du 36ème étage est vide. Nous parcourons le long corridor dos à dos comme des commandos, lorsque soudain je l'aperçois : Stouyan est coincé sous un bureau entouré de trois zombies qui n'ont pas l'air commodes. Je pousse Galena du coude, elle se retourne et ouvre des yeux effarés, je lui fais signe en posant mon doigt sur mes lèvres, de

---

[22] Au dessus

faire silence. Nous avançons précautionneusement quand soudain, un des zombies attrape le cousin par le col, le plaque contre le mur et le mord méchamment à l'épaule. Galena hurle. Plus besoin de prendre des précautions, ruade sur les mordeurs. Galena est une furie, elle tabasse à coup de talons aiguilles, les têtes, les bras, les jambes agrandissant démesurément les trous déjà nombreux des décharnés. Quant à moi, je ne suis pas en reste, j'asperge à tour de bras, j'ouvre le vieux Boulogne et ses vapeurs anéantissent mon adversaire qui part en fumée. Les deux autres finissent en flaque sur la moquette. Stouyan a le teint blafard, je crains le pire. Mais je ne peux pas annoncer à ma sœur que son futur mari est un zomb, de plus, Galena ne le permettrait pas. Je repense au Suisse qui avait été mordu et sauvé par sa fondue, peut-être Stouyan, imbibé de rakiya depuis sa tendre enfance, malgré quelques années passées en France, il doit encore être immunisé. Après un bon régime kachkaval, rakiya, il devrait se remettre.

Galena le réconforte tout en lui nettoyant sa blessure ouverte avec ce qui lui reste de rakiya, elle s'assure qu'il va bien :

— Stouyané ! Kak si ? Dobré li ? [23]

— Da... répond-il, encore sous le choc.

— Ça va Stouyan ? m'enquerrai-je ?

---

[23] Stouyan, comment vas-tu ? Es-tu bien ?

— Vitchko dobro[24], me répond-il par automatisme, mais Galena est inquiète :

— Il a beaucoup fièvre, tryabva da vreuchtamé cega[25].

Seulement, depuis notre dernière bataille épique, nos réserves de produits traditionnels sont épuisées. Je fais part de ce problème à François qui trouve rapidement une solution :

— Un café a ouvert au sommet de la tour, il vous suffit de monter d'un étage et vous devriez trouver quelques munitions.

— Ok c'est parfait, on y va alors.

— On va où ? demande Jean-Rémi qui a tout filmé de notre dernier combat.

— Au café du sommet.

Celui-ci s'affole :

— Ah non ! Il faut repartir tout de suite... vous devez trouver un endroit pour ME mettre en sécurité !

— Écoute gogo, habituellement t'es peut-être un homme important de la télé, mais là, maintenant

---

[24] Tout va bien, ou plus proche de l'expression suisse romande : tout de bon !

[25] Il faut repartir maintenant

t'es qu'un connard comme les autres, alors tu peux repartir tout seul si ça te chante, nous, on monte.

Du coup, ça lui a fermé son clapet, il nous suit.

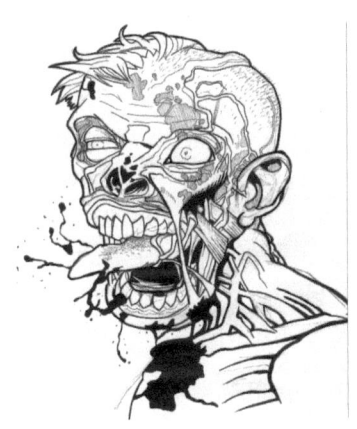

CHAPITRE 13 1/2
HYBRIS-T

Nantes, quartier de Chantenay, 23H47…

Un hélicoptère atterrit sur le toit d'une usine, où l'attendent des « securitas » vêtus d'un uniforme blanc et d'un casque, leurs uzis à l'épaule, ils forment un couloir où marchent un homme et une femme en combinaison anti-virus de couleur grise ; tous portent le logo de Sygensento sur l'épaule. De l'engin, sort un être étrange, dans une combinaison noire, un masque à oxygène lui masque le visage. Sa respiration régulière et filtrée, son pas boitillant, et son allure générale, suscitent l'effroi : Jean-Marc Vadorian, le PDG de la multinationale est venu en personne sur le théâtre des opérations.

La femme l'accueille :

— Bienvenue à Nantes, Monsieur le président.

Sans même interrompre sa marche saccadée, le patron répond :

— Alors où en êtes-vous maintenant ?

— Nous sommes prêts pour la troisième phase de l'expérience, répond le scientifique.

— Bien, commençons de suite, j'ai pas toute la nuit, on m'attend demain matin à Davos pour le projet Dark Star.

Les scientifiques accompagnent « maître Vadorian » jusqu'à un ascenseur qui descend une dizaine d'étages, les premiers à la surface, les derniers sous terre. Ils débouchent dans une grande salle d'expérience et montent sur une plate-forme métallique au-dessus d'une cuve remplie d'un liquide noir à bulles.

La femme explique :

— Nous allons plonger le sujet Hybris-T2 dans du coca-cola.

— Allez-vous réussir cette fois ?

Le chercheur essaye de le rassurer :

— Oui, nous avons eu quelques soucis lors des premiers tests avec le Némésis, et le T1, mais nous avons résolu les problèmes en remplaçant le fanta et le sprite par du coca-cola...

— Je l'espère pour vous : je veux des résultats, pas des excuses !

La chercheuse poursuit :

— Le sujet choisi est un capitaine de gendarmerie que nous avons capturé, infecté par le virus T.

— Démarrez la phase 3.

Aussitôt les scientifiques s'agitent dans tous les sens, abaissant des manettes, appuyant sur des boutons. Une trappe s'ouvre au plafond au-dessus de la cuve, en descend un gendarme à la peau scarifiée et tuméfié, les yeux vitreux ; il remue frénétiquement en poussant des grognements pendant qu'un treuil le plonge dans le soda. Le liquide se met à bouillir et à déborder de la cuve, une fumée brune envahit la pièce. Au bout d'une minute de ce traitement, le treuil remonte le sujet. Le PDG commente :

— Impressionnant, très impressionnant, le coca-cola l'a bien transformé, maintenant je veux qu'il libère sa colère !

En effet, au bout du treuil on distingue à présent un être qui n'a plus rien d'humain ; tel Hulk, le gendarme a triplé de volume, ses muscles ont déchiré sa chemise et son pantalon, ses cheveux ont brûlé et son visage est écorché vif. Dans son regard s'exprime une haine et une bestialité extraordinaire.

— Monsieur le président, voici l'Hybris-Trans2, le dernier né de la recherche génétique ! s'exclame le chercheur.

Le PDG ne répond pas tout de suite, il examine d'abord toutes les données affichées sur l'ordinateur central avant d'ordonner :

— Nos services ont détecté un problème : quelqu'un diffuse des informations nous accusant d'être à l'origine du virus Trans, il aurait même découvert une sorte de vaccin. Et ce salopard se trouve à Nantes. Vous équiperez donc l'Hybris et vous lui ordonnerez d'éliminer ce petit geek complotiste ainsi que son matériel.

La chercheuse s'affole :

— Mais l'Hybris n'est pas prêt, il nous faut plus de temps...

— Votre manque de foi me consterne, l'Hybris peut détruire la ville entière, je l'ai prévu.

— Quand doit commencer cette opération ?

— Le plus tôt possible, je ne veux pas qu'on se retrouve avec un scandale comme celui d'Anniston, ça coûte des millions de dollars de blanchir sa réputation.

Suivant les ordres de leur maître, les scientifiques pilotent des bras robotisés qui transpercent l'Hybris avec des aiguilles reliées à des tuyaux. Des liquides étranges lui sont injectés, puis on lui plante des électrodes dans le crâne et la nuque, avant de lui fixer une sorte de casque. Sur les écrans d'ordinateur apparaît soudain l'image de ce que les yeux de l'Hybris voient, et depuis les haut-parleurs on entend ce qu'il entend par ses oreilles. Le système nerveux du monstre est également surveillé en direct, ainsi qu'un tas d'autres données incompréhensibles pour le commun des mortels. Quand ils libèrent l'Hybris dans une cage en titane, les scientifiques utilisent l'ordinateur central pour donner des ordres au super-zombie : le sourire aux lèvres, ils constatent que l'ogre écorché vif obéit au doigt et à l'œil. Ils lui fournissent des armes automatiques et des lance-roquettes avec des munitions et ouvrent la cage.

— Monsieur le président, dit la femme en blouse blanche, l'Hybris-T2 est fonctionnel.

— Alors envoyez-le à cette adresse, pulvérisez-moi toute rébellion dans la cité des Ducs.

Le zombie géant pousse un hurlement lugubre qui glace le sang et marche d'un pas lourd et sonore vers le bord du toit de l'immeuble. Puis il saute dans le vide et atterrit à pieds joints sur la chaussée où ses pieds ont laissé deux cratères géants. Sur les écrans, on suit sa progression, le zombie semble invulnérable, le personnel de Syngensento se congratule, persuadé d'avoir fait une avancée significative dans ses recherches. Le P.D.G. prend congé de ses sbires et reprend la voie des airs. Plus que quelques heures avant le début de sa réunion en Suisse, mais il suivra de près les événements de Nantes.

* * *

Le jeune Hervé, nouvellement arrivé dans l'équipe de Sygensento, essaye de comprendre, et s'adresse à la chercheuse en cheffe :

— Dites-moi Madame, j'ai de la peine à comprendre pourquoi on veut détruire Nantes. J'y suis né, moi à Nantes, j'y ai toute ma famille.

— Jeune homme, circulez, vous n'êtes pas ici pour poser des questions, mais pour travailler, répond la chercheuse en s'éloignant d'un pas rapide.

Un autre technicien s'approche de lui, le prend par le bras et lui murmure :

— T'es fou toi ! Tu sais pas à qui tu parles ? Il s'agit de Nicole Fluckenberg, la contrôleuse générale des expériences. Rien ne sort d'ici sans son aval. Elle a viré des p'tits cons comme toi pour moins que ça. T'as de la chance.

— Et toi ? T'as pas de famille à Nantes ? Ça te fait rien de savoir qu'on va tuer des milliers de gens parmi lesquels se trouvent tes amis et ta famille ? s'inquiète Hervé.

Le technicien baisse la tête et entraîne son interlocuteur au loin à côté d'une machine bruyante :

— Ici, lorsqu'on rentre chez Sygensento, on n'a plus de famille – montrant d'un geste large la communauté des chercheurs – c'est ça notre famille. Et crois-moi, que tu la quittes volontairement ou qu'elle te mette dehors, le résultat est le même : tu ne pourras plus jamais bosser dans ce secteur, nulle part au monde. Ils en ont démoli plus d'un avec leurs clauses de confidentialité…

— Que veux-tu dire par là ? s'inquiète Hervé.

— Tu n'as pas lu ton contrat ? Non bien sûr on ne lit jamais les clauses écrites en petites lettres à la page 45 du contrat. Cependant il y est dit que si tu dévoiles quoi que ce soit de ce qui se passe ici, tu seras poursuivi et tu risques une amende salée, voire la taule, explique le technicien.

— Ok ok, je ne voulais pas le divulguer dans les journaux, mais entre toi et moi, c'est quoi cette histoire de zombies ? demande Hervé.

Le technicien passe sous la machine, courbé en deux, et dans une petite alcôve, explique au jeune machiniste :

— À l'origine, le projet Trans a été élaboré dans le but de modifier les gênes pour provoquer chez l'humain une addiction à la consommation. Pour cela, nous avons créé un virus mutant. C'était la phase 1 du projet. Comme les premiers tests étaient concluants, nous avons poussé nos investigations plus loin en choisissant une grande ville occidentale comme test réel.

— Mais pourquoi Nantes ? demande Hervé.

— Nous avions besoin d'une ville européenne moyenne, sans grand intérêt sur le plan géostratégique, ni économique, et peuplée de bons citoyens tranquilles. Nous avons entré les données de toutes les villes européennes dans l'ordinateur central et trois villes sont sorties du lot : Bruges, Nantes et Brême. On a tiré au sort et c'est Nantes qui a gagné.

— Et après, pourquoi est-ce que ça a dérapé ?

— Après, on a commencé la phase 2 en inoculant le virus à quelques personnes volontaires contre rétribution, tous recrutés par petites annonces. Puis nous les avons laissés repartir. Seulement, le virus semble avoir muté chez certains d'entre eux et ils ont commencé à attaquer les passants, mordant à pleines dents dans leurs chairs, et après tu connais la suite...

— Mais pourquoi continue-t-on les recherches ?

— Parce que la direction a considéré que l'expérience était tout de même une réussite : les gênes ayant bien été modifiés par le virus et les sujets de l'expérience sont attirés par tout ce qui est vendu par les multinationales, lesquelles sont très intéressées, des contrats juteux de plusieurs centaines de milliards de dollars sont en cours.

— C'est quoi la phase 3 ? C'est quoi ce monstre que nous avons créé ?

— Ah ça c'est l'Hybris-T2, avec les premiers résultats de notre expérience, la direction a décidé de développer une application militaire : créer le soldat du futur, le premier soldat transgénique !

— Mais pour les gens contaminés par le virus zombie, qu'est-ce qu'on va faire ?

— T'inquiète pas pour eux, nos partenaires de chez Bayeur ont déjà un sérum, ils attendent juste le bon moment pour le sortir, imagine les centaines de millions de doses que vont commander les États dans le monde entier, pour nous c'est la réussite assurée !

Hervé finit par se taire, le plan de sa firme lui donne le tournis… et la nausée.

CHAPITRE 14
SCOOP ZOMBIE

Le journaliste aux fesses, nous entrons dans l'ascenseur, Galena appuie sur le 37 et quelques secondes plus tard, les portes s'ouvrent sur un spectacle irréaliste : des gens sont attablés sur des fauteuils en forme d'œuf, autour de tables ressemblant à des nids. Des sortes d'immenses cigognes en plastique font une décoration mi-enfantine, mi-art moderne. Ici, on a l'impression d'être hors du temps, comme si les zombies n'attaquaient pas la ville, que ce restaurant surplombe. Notre arrivée fait sursauter quelques comparses, on nous regarde avec défiance. Ou ces gens-là sont lobotomisés, ou leur attitude BCBG va jusqu'à la stupidité. Je ne sais pas dire s'ils sont ou non au courant de l'attaque des morts-vivants quelques étages en dessous, pourtant je ne vais pas m'aventurer à leur poser la question ; un mouvement de panique serait malvenu en ce moment. Galena a aidé son cousin à s'asseoir et tente de le réconforter, pour ma part je me dirige vers le bar pour voir si je peux trouver quelques victuailles salvatrices. Je ne suis pas déçu, le salon de thé recèle avec les cafés crème et les tisanes, des gâteaux typiques de la région : fouace, campbon, tourton, palets bretons et caramels au beurre salé ; je remplis mon sac tranquillement et ouvre le frigo où je découvre ravi des bouteilles de Muscadet, de Grosplant et des sandwichs au lard nantais ; j'en ferais bien ma récré car mon ventre gargouille, mais subitement, alors qu'il me semble entendre ce fouineur de journaliste interviewer quelques gens, un grand gars aux cheveux blancs m'apostrophe d'une voix qui se veut autoritaire :

— Il ne manquait plus qu'un pilleur pour ne pas arranger notre malheur... !

Puis le gars se retourne vers une jeune femme, queue de cheval remontée, lunettes d'écailles, et tailleur un peu chiffonné, et lui dit en souriant :

— Vous avez vu, Mélanie, même dans les pires moments je sais rester poète.

La jeune femme sort un petit carnet et s'empresse d'écrire le bon mot de son maître.

— Vous êtes absolument génial, Monsieur, rien ne peut vous détourner de votre cause, ajoute cette groupie.

Je vais pour interrompre ces diatribes sans intérêt lorsque ce collant de Jean-Rémi Pateau fait irruption comme un diable hors de sa boite :

— Monsieur le maire, c'est extraordinaire de vous trouver ici, et en pleine santé !

— En pleine santé, c'est un peu exagéré, regardez l'état de mon costume, précise le député en soulevant des bribes de sa veste toute déchirée.

Le journaliste tient une victime de choix et ne va pas la lâcher :

— Que vous est-il arrivé ? Vous êtes vous battu avec les zombies ?

Notre politicien regarde à droite, à gauche, et constatant qu'il a l'attention générale nous pourrit d'un discours à la socialo :

— Certes, avant d'arriver ici, il m'a fallu combattre. Sans moi tous ces gens auraient été mordus. Nantes ne se rendra pas si facilement, les citoyens sont tous derrière moi et savent maintenant que je suis prêt à risquer ma vie pour eux. Mes détracteurs, qui étaient si prompts à critiquer le régime socialiste, où sont-ils maintenant ? Sans doute planqués dans leurs bureaux, moi je suis ici au cœur de la foule, avec le peuple !

Une salve d'applaudissements vient couronner ce tissu de mensonges. Déjà si le maire est là, c'est parce que je l'ai shooté avec ma bagnole et c'est pourquoi son costume est tout déchiré. Si ça se trouve il a pris les ascenseurs rez-de-chaussée-37e sans problème, et ces citoyens qu'il prétend avoir sauvés, étaient sans doute là avant ou ce sont eux qui l'ont sauvé. C'est fou ce que la force de persuasion peut faire croire aux gens.

J'ai profité de son laïus pour faire le plein de liquide. Je crois qu'on est parés. Je me dirige vers Galena et le cousin Stouyan lorsque cet abruti de maire me coupe la route :

— Croyez-vous vraiment que je vais vous laisser dévaliser ce bar sans rien dire ? Ce n'est pas parce que nous vivons des temps difficiles qu'il faut se comporter de mauvaise manière.

Le journaliste fouineur s'intercale entre le maire et moi et me brandit son microphone sous le nez :

— Vous qui êtes au cœur de la bataille, vous avez sans doute dû beaucoup vous battre, est-ce une raison pour devenir une racaille ?

J'ai une envie de l'étrangler qui me tenaille…

Le maire intervient :

— C'est vrai Monsieur, vous avez une allure plus que suspecte, peut-être une addiction aux jeux de rôle, je connais un très bon médecin…

Je vois la foule qui commence à s'énerver contre moi, et ce n'est pas le moment, j'ai assez à faire avec les morts-vivants sans me taper en plus les zombies de la propagande. Je fais signe à Galena, elle comprend vite cette beauté là. Le cousin tient encore le coup, il faut dire que Galena lui a fait boire une demi-bouteille de rakiya. Il faut être bulgare pour supporter un tel traitement !

Bien que le maire n'a pas l'air très en forme, de vilaines blessures lézardent sa peau, des bleus trahissent les chocs dont il a été victime, plus ou moins par ma faute. Il a même perdu quelques dents, ainsi doit-il savoir un peu mieux ce que ressentent les « sans-dents » si chers à son président. Il m'a reconnu, à ses gros yeux en colère, je devine que je risque de passer un mauvais quart d'heure, d'autant plus qu'il est costaud pour son âge et que mes armes ne fonctionnent pas sur les vivants, je n'ai donc pas intérêt de me le mettre à dos.

— Cessons ces plaisanteries, vous et moi savons de quoi il retourne, et je connais bien les zombies, j'ai la solution pour combattre les morts efficacement, alors mieux vaut s'allier que de s'affronter.

Je vois le maire hésiter quelques secondes lorsque ce fouille-merde de journaliste intervient :

— Monsieur le maire, auriez-vous quelques secrets à cacher aux téléspectateurs ? Vous semblez connaître ce voleur bien avant qu'il n'intervienne ici. Allons, une révélation pour notre public.

Le regard de haine dont je le gratifie aurait pu le tuer net si j'avais eu des flingues à la place des yeux, mais il n'en a cure et confiant, harcèle ce pauvre maire pris entre deux feux.

Le public s'est levé, la tension est montée de plusieurs crans, Galena serre son cousin contre sa somptueuse poitrine, comme j'aimerais être à sa place. Mais je reprends vite mes esprits, ce n'est pas le moment de flancher, d'autant qu'il me semble entendre un bruit bizarre, une sorte de bourdonnement... Je comprends, alors que le maire s'apprête à rentrer en mode « mauvaise foi » :

— Tout le monde à terre !

Une explosion assourdissante projette des éclats et des flammes. Je suis éjecté par le souffle contre la cigogne de plastique, un autre gus s'éclate contre une table en verre. Quand je reprends mes esprits, il pleut de l'intérieur par les jets anti-incendie, car un début de feu s'est déclaré. La fumée ne me permet pas de voir grand-chose, des morceaux d'êtres humains gisent un peu partout dans la pièce et je ne distingue pas de survivants. Je me relève tant bien que mal et hurle :

— Galena ! Stouyan ! plusieurs fois.

Je les cherche en titubant entre les débris de verre et de plastique, j'attrape au passage l'immense bec de la cigogne, on sait jamais ça peut servir d'arme. C'est alors que je les aperçois, surgissant de sous un canapé, décidément cette fille a toutes les qualités, elle a pensé à vider le canapé de ses cousins et à s'en faire une cachette en remettant les coussins par dessus, ce qui les a protégés.

— Vous allez bien ? m'enquis-je.

— Da, vsitchko dobro.

Comme je la sais sortie d'affaire, je sors dans le couloir à la recherche de mon sac contenant les munitions et je me casse le nez, devinez, sur le seul être qui aurait mérité de périr : Jean-Rémi Pateau, parfaitement indemne.

C'est dans ces moments là qu'on est sûrs que Dieu n'existe pas.

Quand je pense qu'il nous reste encore à descendre les 37 étages avec ce paparazzi, je me demande si je préfère pas les zombies. Je retrouve mon sac et mes compagnons aux portes de l'ascenseur.

Pour une fois que le gouvernement socialiste aura fait fermer sa gueule à l'un des siens...

Car ces cons en haut-lieu ont décidé d'envoyer les drones bombarder la tour.

Depuis dix minutes, j'entends hurler dans mon casque :

— Qu'est-ce qui se passe ? Vous êtes là ?

Mon pote François s'inquiète.

— Ouais, ouais t'inquiète, on est tous là, et pour l'instant, saufs.

François se marre :

— Tu connais l'histoire du mec qui est tombé du 27e étage d'une tour ? - je reconnais que non- À chaque étage on pouvait l'entendre dire : « jusque-là ça va ».

— T'es trop con ! je lui réponds.

— Je suis p'têt con, n'empêche que j'ai trouvé une solution pour le retour, Damien passe vous chercher d'ici un quart d'heure. Rendez-vous dans le parking souterrain de la tour, c'est plus sûr que dehors.

Entendant notre ami parler, le gratte-papier m'interroge :

— Votre ami est connecté avec vous ? Vous m'entendez là ? dit-il en s'adressant à ma caméra.

— Oui j'entends, dit François.

— Vous pouvez transmettre mes enregistrements à DF1 ? J'ai une connexion wi-fi sur ma caméra, explique le journaleux.

— Et qu'est-ce que je gagne, moii ? demande méfiant mon pote.

— La gloire, car je citerai dans mon reportage votre nom et vous pourrez mettre vos vidéos sur la chaîne DF1.

— Ok, filez moi votre mot de passe et je vous connecte en direct avec votre chaîne. Il faudra rester pas loin de Galena et de Mick.

Jean-Rémi file le mot de passe pendant que je recharge nos armes, puis nous reprenons ensemble la route vers le bas de l'immeuble. J'entends le journaliste qui sifflote :

— À moi le pullitzer !

Je fixe le journaliste qui semble jubiler, d'un air mauvais :

— Vous, je vous conseille de rester tranquille ou je dis à mon pote de cesser la connexion.

Mon téléphone vibre alors que nous descendons, c'est Véronique, je décroche :

— Miiiickael... au secours, viens vite me chercher ! ses hurlements me déchirent les tympans.

— Qu'est-ce qui se passe Véro ? je m'inquiète.

— Il y a des centaines de choses sanglantes attroupées devant la vitrine, et elle commence à craquer, j'ai peur !

— T'es où exactement ? je lui demande.

— Je saiiis pas !!! Dans un lavomatic quelque part près de la Place du Cirque. Viens me chercher !

Elle en a de biens bonnes mon ex, elle qui me foutait à la porte de chez elle il y a quinze jours.

— T'as pas un moyen de te mettre à l'abri ? j'insiste.

— Y a rien ici, juste des machines à laver et des sèches-linges, qu'est-ce que tu crois pauvre idiot ?

Toujours aussi amicale la Véro.

— Je suis moi-même dans une situation assez tendue, et je ne peux pas venir te chercher tout de suite, en attendant, vas dans un sèche-linge, comme ça s'ils entrent tu y restes cachée, d'accord ?

— Dans le sèche-linge... ! Tu me prends pour une vieille chaussette ? s'indigne mon ex, tu vas venir me chercher dis ? se radoucit-elle.

J'oublie quelques minutes que j'ai affaire à une chieuse de première et qu'elle m'a trompé plus d'une fois durant notre mariage, et je me montre gentil avec elle.

— Bien sûr, je viendrai, mets-toi vite à l'abri, fais-moi confiance.

Je raccroche en l'entendant pleurnicher. Je suis parfois un gros rustre, doublé d'un salaud, mais on peut compter sur moi.

Premier arrêt au 20e étage, pas de zombies en vue dans les couloirs arrosés par les douches anti-incendies, en plus de ça, on est gratifiés d'une musique de merde, les dernières daubes de la Star'ac sont diffusées sur Foun Radio ; la poisse, ça va attirer tous les zombies sur nous. Si je tenais le connard qui a programmé ça !

Les premiers décharnés débouchent, trempés jusqu'aux os, au moment où nous arrivons vers l'ascenseur pour les étages inférieurs. Jean-Rémi veut filmer les morts, il me prend par le bras et m'oblige à rester près de lui alors qu'il se rapproche du groupe de zombies :

— Chers téléspectateurs, il est minuit deux, dans la tour Bretagne, nous avons assisté à la mort tragique du maire de la ville, et à présent je suis avec un groupe de survivants au vingtième étage. A l'autre bout du couloir, se trouvent des personnes contaminées par le mystérieux virus. La tension est palpable dans le groupe, un affrontement est-il devenu inévitable avec eux ?

— C'est pas le moment de tenir un discours, il faut partir, vite ! je hurle à Jean-Rémi alors que les macchabées se rapprochent en claudiquant et en grognant.

Le journaliste insiste lourdement et me maintient vers les zombs.

— Au péril de sa vie, un agent de sécurité de l'immeuble décide de retarder les infectés pour permettre aux autres de repartir.

— Mais ça va pas la tête ? que je lui crie en me débattant.

Seulement Jean-Rémi me fait barrage, je suis à deux doigts de le frapper.

— Laisse-moi passer *scoopineur* !

Mais ce crétin me maintient de force.

— Allons, allons, songez que vous êtes en direct devant des millions de téléspectateurs.

Après avoir posé son cousin dans la cabine de l'ascenseur, Galena ressort et se précipite à mon secours tandis que je sens déjà l'haleine fétide des morts-vivants. La belle bulgare juchée sur ses talons hauts, sa tenue déchirée par endroits, son magnifique visage exprimant la colère, est l'image même de la Valkyrie. Elle m'aide à me dégager de la poigne du reporter en me tirant à elle, et subitement expédie un uppercut au paparazzi qui le propulse dans son public de zombies.

— Gloupak ! qu'elle lui crie en me tirant vers l'ascenseur.

Je vois le pauvre type se faire engloutir par la horde des morts.

Les portes se ferment sous une version remixée de Thriller. Cet idiot de journaliste a réussi un scoop mortel, sûr qu'il aura le pullitzer à titre posthume.

François commente en direct :

— Ouahhh ! J'hallucine, sa caméra fonctionne toujours, on a les zombies en gros plant et en direct, les images sont envoyées à DF1, on a déjà titré son sacrifice à la une de tous les JT.

Galena s'inquiète et interroge François :

— Dobré, dit Galena, ton ami est au parking comme convenu ?

— Oui, il vous attend, confirme le pote.

C'est quoi sa voiture ? demandé-je.

— Sa deux chevaux de collection évidemment, il n'en a pas d'autres, se marre ce crétin de François.

— Tu te fous de moi ? je hurle.

— Pourquoi deux chevaux ? s'inquiète Galena, je veux pas repartir en carroutsa[26] !

Malgré la situation, je pars d'un éclat de rire, ce qui fait froncer les sourcils de la belle. Comme je n'aimerais pas qu'elle croit que je me moque d'elle, je lui explique :

— La deux chevaux est une vieille voiture française, un peu comme la trabant ou la moskvich dans les pays de l'est.

C'est drôle, ça n'a pas l'air de la rassurer.

Les portes s'ouvrent au -2, nous nous aventurons prudemment, braquant nos pulvérisateurs, tels des enquêteurs du F.B.I. tout en cherchant la 2CV dans les allées sombres du parking, je pense à Mulder et Scully, mais où est Damien ?

Des bruits sourds font place au défilé de l'armée rouge en débandade. Merde on est repérés. Un rapide coup d'œil circulaire m'indique que nous n'avons aucune chance pour un combat, ils arrivent par centaines de tous les côtés à la fois ! J'aperçois quelques mètres plus loin un camping car, j'incite ma

---

[26] Carriole

troupe à aller jusqu'à lui. Il est équipé d'une échelle à l'arrière.

— Allez, on grimpe ! hurlé-je à mes deux Bulgares.

Nous nous hissons sur le toit, Galena enlève ses talons pour l'escalade et me les tends, de vrais objets de fantasme. Je dois aider Stouyan qui a la souplesse de Pinnochio, avant que la fée n'intervienne. Parvenus au sommet, nous nous accroupissons car on touche le plafond du parking. Tout autour de nous, les contaminés se pressent, secouant notre abri. Je crains le pire, combien de temps allons-nous tenir ? D'autant que j'ai peur que le cousin rejoigne les rangs de ceux d'en bas.

Tout à coup, nous entendons un klaxon et un bruit de moteur, j'aperçois les phares de la voiture de Damien, une belle 2CV modèle 1966 que mon pote a retapé avec amour. Bizarrement, elle traverse la horde des mordeurs sans être attaquée... J'en comprends subitement la raison : la rareté de ce véhicule et le fait qu'elle ait été réparée à la main avec les pièces d'origine, fait qu'elle a le même effet sur les zombies que les produits qui ne viennent pas des multinationales. Je saute directement du toit du camping-car dans la deuche, qui réagit comme un trampoline. J'encourage Galena à faire de même, j'ai toujours ses talons à la main, elle se lance et je la réceptionne contre mon torse. Cette fois, en plus de l'effet trampoline, j'ai l'airbag. Ne reste que le cousin. Lui, il fait bien ses quatre-vingt kilos et je refuse de le réceptionner. C'est pourquoi Galena et moi, protégeons sa descente à grands coups d'aspergeurs chargés au Grosplant. Ça y est, on peut partir !

Mais après deux cent mètres, Damien stoppe devant la barrière.

— Mais fonce bordel ! je lui hurle.

— T'inquiète, j'vais payer, je veux pas rayer ma deuche, m'explique ce maboul, tout en se penchant vers la caisse automatique pour y insérer son ticket et ses pièces.

Ça craint d'autant que la horde a constaté notre arrêt et pique un cent mètres dans notre direction. Je vois la barrière se lever, seulement la deuche tousse comme une vieille dame et refuse de démarrer. J'étranglerais bien cet amateur de vieille bagnole si nous n'avions besoin de son aide. À tout hasard, je vérifie comment se ferme la capote, des fois qu'il faille se protéger des croqueurs. Heureusement au troisième essai on démarre dans un nuage de fumée qui enveloppe le groupe des sanguinolents.

Damien, pied au plancher, accélère jusqu'à 40 km/h, éclatant au passage quelques passants zombifiés. J'aperçois Jean-Rémi, une plaie béante à la gorge et aux bras dégoulinant de sang, les vêtements déchirés et le regard halluciné, qui ne manque rien de notre fuite, continuant à filmer. On ne lui enlèvera pas sa ténacité à défaut de talent. Les ressorts du siège arrière geignent sous nos poids à chaque bosse. Il n'y a pas de ceintures ce qui fait qu'à chaque virage Galena glisse soit contre moi, soit contre son cousin. Cahin-caha, nous parvenons à sortir du centre-ville, un sourire illumine le visage de Galena, nous avons réussi à sortir en un seul morceau de ce mortal combat grandeur nature.

CHAPITRE 15
LES TRANS CONTRE ATTAQUENT

Nous remontons la rue Canclaux en direction du manoir. Il est temps d'amener son fiancé à ma frangine. Je lui envoie un sms pour l'avertir de la bonne nouvelle : son futur mari est sauf. Je lui explique ce qui lui est arrivé en gros, et la rassure sur ses chances de guérison. Bien que je n'en sois pas si sûr moi-même.

Damien change de vitesse avec la manette au volant, il passe la quatrième et atteint la vitesse impressionnante de 80 km/h, nous donnant l'impression de rouler à 200. Il a mis « *San Francisco* », c'est un fan de Maxime Leforestier. Damien lui ressemble : avec ses cheveux longs et sa barbe, il a tout l'air d'un hippie des années 70, et c'est un bricoleur hors-pair. J'apprends de sa bouche comment s'est passé sa journée : quand il a vu que des morts cannibales s'attaquaient aux passants dans la rue, il s'est enfermé dans sa voiture et s'est aperçu que les zombies l'évitaient. Alors il a facilement rejoint son appartement au quartier Bouffay, et a pu s'y réfugier pour faire le point. Il passe la nuit sur le net afin de glaner un maximum d'informations. François l'a joint sur skype et voilà comment Damien a accepté de venir me chercher, vu que son quartier n'est pas très éloigné de la tour

Bretagne. Il faut dire que Damien et François sont potes à la vie à la mort.

Stouyan dort, Galena touche son front régulièrement pour vérifier qu'il n'a pas de fièvre, elle est aux petits soins avec lui, et je suis un peu jaloux. Ma sœur m'écrit sms sur sms, toute excitée par le sauvetage de son futur époux. De son côté, j'apprends qu'elle a mis les Bulgares au travail pour finir les préparatifs. Ne manquant pas d'audace, elle a même fait le tour des invités par téléphone pour savoir s'ils allaient venir demain ou pas. Beaucoup d'amis ou de gens de la famille étant hors du périmètre de quarantaine, ils seront absents, d'autres ne répondent pas pour cause de zombification, mais la ténacité de ma sœur a fini par payer, et elle est parvenue à convaincre une dizaine de personnes : tonton Roger, cousine Sophie, et nos parents seront de la fête. Je suis presque déçu, j'aurais préféré que mes vieux ne viennent pas. Faut dire qu'entre moi et Véro, mes parents ont fait le choix le moins intelligent, alors comprenez que je ne trépigne pas de joie à faire la fête à leurs côtés. Soudain je me rappelle que mon ex est encore enfermée dans le sèche-linge ; déjà lorsque nous étions mariés elle me reprochait d'oublier le linge dans la machine... Pris de remords, je l'appelle :

— Ma p'tite Véro? Tu vas bien ?

J'entends une voix très faible, noyée dans un bruit de moteur, comme lorsque je filmais la plage en Bretagne par grand vent.

—...sèche...inge... bouton... zombs... tourne...

Voilà grosso-modo ce que je saisis. J'en conclus qu'un crétin de zomb a appuyé sur la touche start de la machine à sécher le linge dans laquelle s'est réfugiée Véro. Pour une fois qu'elle tourne rond. Mais pourquoi j'ai toujours trente trucs à faire en même temps ?

Il est près d'une heure du mat lorsque nous arrivons à St Herblain, les rues sont assez calmes, un peu plus au nord des explosions illuminent le ciel, c'est là-bas que doivent se trouver les zones de combat, mais je doute que nos militaires aient compris comment lutter efficacement contre des morts.

* * *

François s'est assoupi devant son écran plat, la souris à la main. Des voyants rouges s'allument et clignotent sur une alarme stridente, qui le libère des bras de Morphée. Il regarde sa télé, examine ce que ses webcams de rue lui montrent -elles sont infrarouges- et il n'en croit pas ses yeux :

un zombie haut de 3 mètres, aux muscles plus gros que ceux de Schwarzy dans Pumping Iron, armé jusqu'aux dents, marche d'un pas lourd dans la direction de son immeuble. François zoome sur le monstre et s'aperçoit qu'il porte un casque militaire ultramoderne et qu'il est équipé d'un lance-roquettes, d'une mitrailleuse lourde et d'un lance-flammes. C'est un mélange entre Universal Soldier et Predator. Aussitôt François nous interpelle :

— Mickaël, Galena vous êtes où maintenant ?

Je l'entends dans mon casque, surpris par sa voix effrayée :

— À St Herblain, qu'est-ce qui se passe ?

— Des ennuis ! J'aurais peut-être pas dû me faire trop remarquer sur les réseaux sociaux, ils m'envoient le zombie de la mort, avec de l'artillerie lourde.

— Mais qu'est-ce que tu racontes ?

— Je plaisante pas ! Il se dirige vers mon immeuble.

Tout d'un coup un bruit d'explosion nous ravage les tympans, le son sature en larsen. Puis plus rien.

— François ! François !

Personne ne semble nous entendre. J'ordonne à Damien :

— Fais demi-tour, on va chez François tout de suite !

La 2CV penche dangereusement et le frottement de la carrosserie sur le bitume fait des étincelles.

Damien râle.

L'explosion a détruit la façade de l'appartement de François, à côté de lui son ordinateur brûle. Il reprend ses esprits et essaye de regarder à l'extérieur, mais un tir nourri de balles arrose son salon, trouant ses murs de placo. François rampe vers son laboratoire, alors que des morceaux de cloison lui tombent dessus par grappes. Il tousse à cause de l'épais nuage de poussière blanc qui envahit la pièce. Nom d'un Nasgull ! Il entend juste les freins de la 2CV devant chez lui avant de sombrer dans l'inconscience.

— Qu'est-ce que c'est que ce monstre ? m'exclamé-je, Galena et Damien ont les yeux grands ouverts de surprise.

Arrivés près de l'immeuble de mon pote, nous apercevons un « Ulk » façon zombie, qui tire à la mitrailleuse dans l'appartement de François. Damien pile sur les freins, Galena et moi sortons de la 2CV, nos pulvérisateurs à la main.

— Kakvo e tova[27] ? demande ma guerrière thrace.

— Ça a l'air d'un robot-zombie...

— Alors il nous faut le double de munitions ! crie-t-elle en sortant de son sac un kilo de kachkaval et un second pulvérisateur.

On la prendrait pour une pub de belle des champs avec son fromage à la main, son mini-short et son

---

[27] C'est quoi ça ?

tee-shirt rayé. Galvanisé par son exemple, je sors de mes poches mes derniers fromages puants.

À peine avons-nous fait quelques mètres que le Golgoth fait volte-face, braquant ses armes contre nous.

— Attention !

Nous sautons sur le côté alors que les balles ricochent sur le bitume en laissant une traînée de feu. Damien redémarre et évite de justesse la première salve. Je me relève et cours me mettre à l'abri derrière une cabine téléphonique, j'y suis en sécurité pour quelques secondes avant que le monstre ne braque sur moi son lance-roquette : j'ai juste le temps de me jeter sur le trottoir que la roquette explose la cabine. Un morceau de panneau publicitaire tombe devant moi, dans des milliers d'éclats de plexiglas : « France Telecom pour plein de services utiles » ; ça tombe bien si j'ose dire.

Galena asperge la jambe du titan qui hurle de douleur, une partie du mollet se liquéfie dans une fumée jaunâtre. Il riposte au lance-flamme, Galena planquée derrière une voiture, sort de son petit sac son poudrier qu'elle braque sur le jet de feu qui se retourne contre le mastodonte.

Damien qui a fait demi-tour, repasse dans la rue, manqué de peu par une nouvelle rafale, cette fois la deudeuche est touchée, sa carrosserie trouée et une fenêtre arrière brisée. À la vue de sa pauvre deux-chevaux blessée, Damien perd le contrôle, sort de sa voiture comme une furie avec en main le sac de nos provisions du café. Armé d'une sainte colère, il part au combat comme Patton au nom de Citroën, en hurlant :

— Torreben[28] !

Damien lance un tourton en direction du super-zomb, qui s'explose contre sa face en mille miettes. Le mastodonte pousse un hurlement d'épouvante digne des pires films d'horreur.

Profitant de la diversion, je cours en direction de l'entrée de l'immeuble, je me retrouve nez à nez avec François qui titube vers moi. Ce que je vois me glace le sang et me crève le cœur : mon ami est couvert de sang et de chair purulente, son teint est livide. J'hésite, dois-je l'asperger de Grosplant pour mettre fin à ses souffrances ?

— Excuse-moi mon vieux... dis-je en levant mon aspergeur à pinard.

Il me répond d'un grognement bestial en levant ses bras vers moi :

— Mikkkarrrmmmfff Chaiiiii Mwaaaaaaaach, chuimffff enchhhh vimmmmffff !

Je ne peux pas laisser mon meilleur ami dans cet état, non vraiment, mais avant d'appuyer, je lui fais une confession :

---

[28] Cri de guerre des Bonnets Rouges.

— François, avant que tu disparaisses, j'ai un aveu à te faire... lorsque nous étions au lycée, tu se souviens de Stéphanie L. ? Je devais t'arranger un coup... eh bien, en fait... je suis sorti avec elle...

Mon pote grogne encore plus fort :

— Ennnrrmmmfff cullllllll ééééffff !

— Oui je sais, c'est dégueulasse, surtout que je savais que t'étais fou d'elle...

— Sa....loooopmmffff !

— Mais tu sais, je l'ai revu dernièrement, qu'est-ce qu'elle est moche maintenant !

Mon pote zombifié s'agite soudainement, comme mû par une frayeur subite, se rend-il compte que je vais le détruire ?

— Derr... rierrr twaffff chaitttttt afffreumpfff !

Une ombre gigantesque projetée par un lampadaire m'avertit de l'approche du géant, celui-ci me frappe d'un « fulguropoing » qui m'expédie entre des pensées qui garnissent la terrasse. Les miennes sont plutôt sombres. Le Goliath attrape François et le soulève comme pour l'examiner de ses yeux fluorescents, il semble s'apprêter à le mordre, puis se ravise et le jette comme un vieux chiffon. Dans l'entrée de l'immeuble où sont déposées les poubelles, mon pote finit dans l'une d'elles et le couvercle se referme sur lui comme un message pour son avenir. Voilà une preuve que François est zombifié, sinon le monstre l'aurait croqué. Pas le temps de me morfondre, car le hideux pousse un hurlement de victoire, une musique se met à retentir depuis son casque, je reconnais un morceau de Gims, c'est à la mode et cette daube résonne dans toute la rue. Galena est venue m'aider à me relever, tandis que Damien, qui est retourné au QG dans sa deuche, nous klaxonne. Je m'aperçois que des morts courent dans notre direction, attirés comme des mouches par la chanson. Je veux aller m'occuper de François, Galena m'en empêche :

— Ton ami est mort ! Haïdé davaï[29] !

D'un tuyau relié au bras du prédator zombie, un liquide noirâtre et mousseux arrose les macchabées, ça les requinque d'un seul coup comme le pastis dope un Marseillais. À l'odeur écœurante, je reconnais le coca-cola. Nom d'un bouffeur de hamburger, il faut dégager de là et vite !

Nous courons vers la 2CV de Damien, les cannibales survoltés sur nos talons. Nous nous précipitons dans la voiture et crions :

— Vas-y démarre !

Damien tourne la clé, mais la vieille guimbarde, tousse, crache, renâcle. Et voilà qu'une bande de vieux contaminés, tous droits sortis d'une maison de retraite voisine, ont retrouvé la force et la rapidité de

---
[29] Allez on y va !

leur jeunesse grâce au coca-cola. Ils nous encerclent et secouent la caisse de Damien comme un prunier. Le moteur tourne et Damien appuie sur l'accélérateur, mais il peine à avancer dans la foule des décharnés. Le troisième âge fait bloc, leurs bras veineux s'insinuent par la fenêtre cassée, ma main est happée par la bouche d'une vieille, mais heureusement, elle n'a plus de dents et ne parvient pas à me mordre.

Avec Galena, nous ripostons en les aspergeant de vin, ça fume, ça se liquéfie, Damien accélère de nouveau et nous arrivons peu à peu à sortir du piège. Je vois avec appréhension super-zomb marcher dans notre direction, nous l'avons à peine effleuré avec nos armes ridicules. Il pointe son lance-roquette vers nous, et tire. Heureusement la 2CV avance plus vite en écrasant des vioques et le missile explose dans la foule des morts derrière nous.

Je regarde une dernière fois nos ennemis devant l'immeuble de François, le gigantesque guerrier zombi a grimpé jusqu'à son sommet et se frappe le torse avec les poings en hurlant comme King-Kong. Je sais bien que c'est une transnationale, la responsable de ce virus qui transforme les gens en mangeurs de chair humaine, et pour honorer la mémoire de mon pote, je compte bien dénoncer ce scandale. Adieu mon ami, je te vengerai !

CHAPITRE 16

ZIZANIE AU MANOIR

De retour dans le manoir loué par ma sœur, nous avons pu enfin nous reposer. Nadège est aux petits soins avec son Stouyan, encore mal en point à cause de sa vilaine morsure. Heureusement, toute sa famille s'est occupée de lui, et le pauvre s'est retrouvé au régime rakiya-kachkaval, agrémenté de concombres du pays. Nul doute qu'il guérira !

Comme il y a des chambres à l'étage, nous montons afin de dormir quelques heures ; au seuil d'une porte, Galena et moi nous retrouvons comme deux adolescents au premier rendez-vous, comme je suis triste pour mon ami, elle me prend dans ses bras et me console avant de me dire « bonne nuit » d'une voix tendre. Nous nous séparons, je m'écroule lourdement sur le lit.

La lumière du jour me réveille, je descends et trouve ma sœur au téléphone. Son niveau de stress est au maximum car dans quelques heures elle va se marier. Elle essaye, malgré les circonstances, de réunir tout ce dont elle a besoin pour la fête : le bouquet de la mariée, un truc bleu, un truc prêté, zut elle se rappelle plus des autres. Par miracle, le traiteur accepte de livrer le repas, par contre pour le vin, Nadège n'obtient qu'un grognement zombifié au bout du fil. J'admire son acharnement à réussir le plus beau jour de sa vie, qui pourrait aussi être le dernier.

Je vais dans les cuisines du manoir pour me faire un café, j'y trouve le gros Vassil devant la télé. Sur toutes les chaînes il n'y a que des flashs d'information au sujet de l'invasion zombiesque, mais comme c'est en français, je suppose que nos Bulgares n'y comprennent pas grand-chose. Je regarde pour connaître l'évolution des événements.

Voici les titres : *nuit de chaos à Nantes, les dernières informations concernant la pandémie... la ville toujours occupée par les contaminés... percée de l'armée des morts à la chapelle sur Erdre... contre-offensive prévue aujourd'hui par les forces blindées... manifestations de soutien aux victimes de Nantes dans le monde entier... initiative « touche pas à mon zomb »... victoire de Barcelone contre Munich en match retour de la ligue des champions... visite d'une maison entièrement construite en bouteilles de vin à St Martin des Bouzets dans l'Allier... météo des plages...*

Galena entre dans la pièce, vêtue d'un mini-short et d'un petit top, la température grimpe en flèche, mais n'empêche pas Vassil de rester scotché devant l'écran. Par contre, la jeune cousine Sophie, vêtue comme les sœurs de Sainte Catherine, s'indigne :

— Si c'est pas une honte de se montrer à moitié nue un jour de mariage, il y a beaucoup de catins en Bulgarie.

Elle n'a pas le temps de finir sa phrase que Galena se retourne les poings sur les hanches, les yeux furibards :

— Toi la nonne je t'interdis d'insulter mon pays !

Diana, la mère de Stouyan, attirée par les éclats de voix, arrive. Elle n'a pas encore eu le temps de se changer et porte toujours sa tenue de voyage : petit short en jeans et tee-shirt avec une grosse pomme verte dessus tendu par une poitrine généreuse.

— Kopraï[30] ?

Galena part dans une diatribe en bulgare et au fur et à mesure qu'elle parle, la belle-mère de Nadège prend un ton cramoisi. Elle se retourne vers moi et me dit d'un air fâché :

— No ako tilla ostané, tregvam[31] ! montrant la cousine Sophie du doigt.

Celle-ci semble tomber des nues, elle ne se rend même pas compte que sa pruderie risque fort de gâcher un peu plus le mariage de sa cousine. Je ne sais pas si je dois en parler à ma sœur dans l'état où elle est.

Je chope Sophie par le bras jusque dans la grande salle, des enfants sont en train de jouer, je les chasse sans scrupules.

---

[30] Qu'est-ce qui se passe ?

[31] Si elle reste je m'en vais !

— Pour qui tu te prends pour traiter de la sorte nos invités ? Va tout de suite t'excuser !

Si le col de sa chemise n'était pas fermé jusqu'en haut, pour sûr qu'elle le boutonnerait à s'en étouffer :

— Hein ? C'est bien connu, les filles de l'est sont toutes des putes, et la tienne n'échappe pas à la règle ! C'est pas à moi, fille de bien, de m'excuser de dire la vérité. Je ne tiens pas à rester dans ce bordel, d'autant qu'il n'y aura certainement pas de mariage.

Elle prend son sac à main en skaï noir, ajuste ses gants, maquille sa face d'une pseudo dignité, et je vois ses fesses plates légèrement masquées par une robe qui tient de la burqa, s'éloigner par deux.

Je me marre, mais réalise soudain qu'elle est en danger. Je lui cours après :

— Hé attends !

L'idiote s'échappe à petits pas chinois. Déjà qu'on n'est pas nombreux, c'est pas le moment de faire cavalier seul. Comme le dit la devise bulgare : ensemble, on est plus forts ! Quoi que je doute que la présence de cette bigote puisse nous être utile... peut-être en appât ? Je rattrape cette effarouchée près de la grille de l'allée, je tente de lui expliquer :

— Sophie, ne sors pas, dehors c'est infesté de morts-vivants.

— Ça vaut mieux que de fréquenter l'enfer. Je vais à la manif, peut-être je reviendrai pour la cérémonie.

Elle me cloue le bec, et je reste statique sur le gravier comme une statue inutile.

— Quoi ? Quelle manif ?

Elle ne prend pas la peine de me répondre ni de se retourner.

Je referme le portail en pensant aux derniers événements, j'essuie une larme en pensant à François. En retournant au manoir, je croise Damien à peine réveillé de sa nuit mouvementée. Je l'interroge :

— T'as entendu parler d'une manif aujourd'hui ?

Le gros enfile sa main sous son training pour vérifier si son trois-pièces est toujours en location, puis la ramène sur sa barbe fournie qu'il caresse d'un geste pensif :

— Ouh la la les questions dès le matin, t'es ouf, moi quand j'ai pas pris mon café...

Là, il me fout les boules :

— Oh le gros, c'est urgent, tu sais quelque chose ?

Il est trop fatigué pour être fâché, il me fixe d'un œil torve, rote un coup, et finit par avouer :

— Ouais, y a un collectif qui a lancé un appel hier soir. Ils doivent se réunir Place Royale.

Je quitte le collectionneur, file à la cuisine, m'empare de la télécommande et zappe comme un fou. Enfin, je tombe sur une émission d'actualité où s'affrontent deux invités sur le sujet qui m'intéresse.

— Alors aujourd'hui nous avons invité deux personnalités très opposées en ce moment : à ma droite Eric Zamours, chroniqueur et polémiste, et à ma gauche François Rupin, journaliste, critique social et initiateur du mouvement déjà très controversé « Touche pas à mon Zomb ! ». Tout d'abord, François en quoi consiste cet appel lancé avec votre collectif « Nuit Rassis » ?

Le p'tit con s'y croit, on se donne l'importance qu'on peut, lui visiblement il peut beaucoup :

— Et bien, il s'agit d'un mouvement citoyen, qui rassemble des gens de tous bords, qui ont décidé de prendre la défense des humains infectés, appelés vulgairement « Zombies ». N'oublions pas qu'ils sont avant tout victimes. Les combattre comme des ennemis est anti-républicain. Il faut leur venir en aide au nom des droits de l'homme. Il est de notre devoir d'être solidaires pour leur porter secours. Chassons les peurs que les partisans de droite distillent dans les cœurs des citoyens, et faisons preuve de compassion envers les contaminés. Ce n'est pas la première fois que certains partis extrémistes montrent de la discrimination envers ceux qui sont différents, voire étrangers au pays. Il est possible de vivre ensemble dans un esprit altruiste.

— Merci François. Eric, qu'allez-vous répondre à votre interlocuteur ?

Comme porte-parole, c'est tout ce que le gouvernement a trouvé, un beau parleur dont le ramage n'a rien à voir avec le plumage :

— Voilà qui est parlé en responsable avisé ! C'est un peu comme si je disais à ma fille de quatorze ans : va ma fille, danse, fume, drague, prends ton pied, c'est si bon de vivre ensemble. Ne soyons pas naïfs et inconscients, vos idées généreuses sont utopistes et dangereuses. Les contaminés… précisément parlons-en de la contamination, lorsqu'une épidémie se déclare à l'école, on ferme l'école, c'est tout. Les schizophrènes et malades mentaux ne sont pas enfermés dans les centres pour rien ! Alors avec eux aussi on peut vivre ensemble ? Tout ceci n'a rien à voir avec la politique, mais avec le bon sens, ce bon sens qui semble échapper à l'idéal de Monsieur Rupin qui vit dans les beaux quartiers. Les vidéos d'attaques terribles font le buzz sur internet, il faudrait être fous pour flirter avec les zombies. N'en déplaise à Monsieur Rupin, c'est bien ce qu'ils sont devenus, éviter le mot n'évite pas l'action. Même notre armée a subi une défaite et a dû se replier pour protéger les habitants de Rennes et d'Angers. Il est temps que les Français fassent front face à *l'adversité et cela implique un ensemble de valeurs nationales communes, comme la sauvegarde des rescapés et non livrer aux dévoreurs des citoyens sains. Quitte à sacrifier d'honnêtes habitants, rasons Nantes, foyer de contamination, au moins ils seront morts pour la patrie.*

François Rupin lève les yeux au ciel, semblant espérer quelque message divin, mais comme rien ne vient, il poursuit :

— *Ce sont des êtres humains que vous voulez détruire, Monsieur Zamours. Ce n'est pas sans rappeler certaines heures noires de notre Histoire. Toute société civilisée se doit d'évoluer, le temps des guerres pour tout et pour rien, le meurtre gratuit, sont à mettre dans les pages sombre de l'avant-civilisation. Voilà pourquoi je vous invite tous aujourd'hui à venir aux manifestations prévues dans les différentes villes de France.*

Le présentateur l'interroge :

— *On dit que vous serez présents à celle de Nantes ? Espérez-vous beaucoup de monde ?*

— *Non seulement je serai là, mais je conduirai le cortège aux côtés de Benabar et Pep's. Beaucoup de Nantais cachés chez eux jusque là, ont répondu positivement à notre appel. Voilà la preuve que tout espoir n'est pas vain. Si les gens entourés* par les Zombies sont capables de vaincre leur peur, c'est que tout est encore possible.

— Merci pour vos paroles encourageantes qui donnent foi en l'humanité, lui répond le présentateur.

Galena et moi échangeons un regard moqueur et pouffons de rire, « Touche pas à mon Zomb », quelle idée !

Galena me répond :

— Té sa loudi ![32]

Mon téléphone vibre, j'ai reçu un SMS. Ouh la la, je réalise que j'en ai eu un paquet pendant la nuit, tous de Véronique. Nom d'un pokemon, j'ai oublié mon ex dans son lavomatic ! Je consulte les messages : « o secour » « vien stp », « jen peu plu, sui coincée », « 1 con de zomb a enclenché la machine », « où e tu ? » ... Au fil des messages, elle semble de plus en plus désespérée, la pauvre a passé la nuit dans un gros séchoir, j'ai presque pitié d'elle. Je prends la peine de composer une réponse :

« tiens bon, j'arrive dès que je peux ».

Quelques secondes plus tard, elle m'appelle, je décroche non sans quelques appréhensions, mais à ma grande surprise, c'est une petite voix faiblarde qui me répond, avec en bruit de fond des grognements zombiesques :

---

[32] Ils sont fous !

— Allô... ? Mickaël... je suis toute seule... j'en peux plus... ils sont des centaines là dehors.

Elle a beau être une varlope, elle est quand même la mère de mes gosses.

— Écoute Véro, je suis loin du centre pour le moment mais je vais tout faire pour te sortir de là au plus vite. Ne bouge pas d'où tu es.

D'habitude, elle m'aurait agoni d'injures, là, je n'entends que quelques sanglots et ses mots sont entrecoupés de reniflements :

— Ouiii... s'il te plait... pense aux enfants...

Véro est vulnérable et tente de m'attendrir avec les gosses, encore un chantage à sa manière. Je pourrais moi aussi profiter de la situation, par exemple pour obtenir un délai pour mon arriéré de pension alimentaire. Remarque, est-ce qu'on est obligé de payer la pension alimentaire à un Zomb ?

Je raccroche. Si ce mariage a lieu, je vais m'en souvenir toute ma vie ; non pas pour la beauté du truc, mais pour le stress qu'il m'a causé. Reste plus qu'à convaincre Damien de reprendre la route pour le centre-ville. Mais où est donc passé ce gros lard ?

Je croise Nadège, encore pendue au téléphone, hurlant, menaçant, pour obtenir le moindre service. Le futur marié est avec son père, il va mieux et reprend des couleurs pastelles, parce que le violet veiné de rouge, ça va pas trop bien avec un costume beige.

Ah si François était là, il aurait mis ça sur Youpub et on aurait fait le buzz ! Merde, et dire que ces salauds de zombs ont eu François. Rien que pour cela, je suis prêt à les exterminer jusqu'au dernier. Je jure que je vengerai ce con de geek. C'est une question d'honneur, ça va chier !

Je vais pour monter aux chambres, persuadé que le gros en a encore profité pour roupiller, lorsque le carillon de la porte d'entrée me chope par la manche. Ok, j'ouvre, je fais entrer, et je repars chercher le gros.

— Merde mes vieux ! Je les attendais pas si tôt.

Je les vois sortir de la Ford dont mon père est si fier, fringué comme pour aller à la fête de l'amicale laïque. Au lieu de me saluer, mon père me dit :

— Alors Mickaël, toujours au chômage ?

Je n'ai jamais répondu à mon vieux, à quoi bon ? De toute façon quoi que je réponde, il s'en fout. Alors pour une fois, je me lâche :

— Mais non papa, je suis devenu chasseur de zombies.

Rien que pour voir la tête de mon père, ça valait la peine. Et en plus, je lui ai bouclé la gueule. Cependant, je ne suis pas très fier lorsque je vois la peine de ma mère, je tente de l'adoucir :

— Vous allez bien ?

Ma mère dépose deux aller et retour de bisous sur mes joues à la manière nantaise :

— Tu as maigri, tu devrais venir manger à la maison plus souvent.

À la manière dont cuisine ma mère, je préfère rester maigre. Je les pousse dans l'entrée tout en prenant le pardessus de mon père et en accrochant le manteau de ma mère sur un cintre.

— Bon, c'est pas tout, Nadège est dans tous ces états, elle a bien besoin de votre aide.

Je pose un pied sur la première marche de l'escalier, bon, le gros…

— Mickaël ! Tu nous présentes pas la belle-famille ? clame mon père.

Le gros attendra.

Galena se présente en premier :

— Bonjour, je suis Galena, la cousine de Stouyan.

— Bonjour ! répond ma mère avec enthousiasme, qu'elles sont jolies ces Bulgares ! Vous êtes célibataire ? questionne ma mère en me lançant un regard insistant.

Mon père la coupe brutalement :

— Faut dire qu'il a abandonné sa femme et ses gosses.

Le regard furibond de sa femme a tout juste pour effet de lui faire regarder ses souliers.

Galena ne se démonte pas :

— Votre fils est un homme bien, il est courageux et n'abandonne personne dans le besoin.

Ma mère est ravie que quelqu'un ait coupé la chique à mon vieux, de plus elle me fait des mimiques en montrant Galena, comme si je ne m'étais pas encore aperçu qu'elle avait tout pour plaire.

Cette fois, rien ne viendra plus interrompre ma recherche. À nous deux Damien !

CHAPITRE 17
TOUCHE PAS À MON ZOMB

Zurich
Siège social de Sygensanto en Europe,
Centre informatique,
10H42

Les informaticiens de la transnationale surveillent leurs intérêts sur la toile. Ils décortiquent toutes les données concernant François Gallot, le hacker qui a dénoncé leurs agissements sur Youpub au sujet des zombies. Ils fouillent tout : comptes bancaires, fichiers administratifs, vidéos, fichiers divers, et... ses appels téléphoniques. Un informaticien s'exclame devant son écran et appelle un supérieur hiérarchique, vêtu d'un costume gris.

— J'ai trouvé quelque chose : François Gallot a des contacts sur Nantes, un certain Mickaël Janvion et un certain Damien Guivarch, ce hacker complotiste a communiqué avec eux hier, notamment avant qu'il ne disparaisse. Ils sont certainement avec lui.

— Bien, donnez-moi toutes les données concernant ces hommes.

L'informaticien s'active et fait afficher les photographies de Mickaël et Damien sur l'écran, ainsi que leurs adresses et liens familiaux.

Le supérieur ordonne :

— Envoyez ces données à notre base de Chantenay à Nantes, et localisez-les moi avec leurs portables.

En une minute, les informaticiens repèrent la position des deux cibles grâce à leurs smartphones.

Un des sbires de la firme annonce :

— Ils sont tous les deux à la même adresse : dans un manoir de la commune de St Herblain.

Quelques instants plus tard, le supérieur est en communication vidéo avec Jean-Marc Vadorian, le PDG :

— Je suis en pleine réunion à Davos, qu'est-ce que vous me voulez ?

— Maître, excusez-moi c'est très important, nous avons repéré deux nouveaux complices du lanceur d'alerte.

— Et bien allez-y, éliminez-les.

— Bien seigneur.

— Et ne me décevez pas, Horst, je ne veux pas que cette affaire nous retombe dessus.

— Il sera fait selon vos volontés.

— Je serai de retour ce soir à Nantes, prévenez Chantenay que je prendrai la direction des opérations.

Quelques minutes après, à la base de Chantenay, les ingénieurs qui contrôlent l'Hybris reçoivent les données des nouvelles cibles, rapidement le monstre se met en marche en direction du manoir.

* * *

Je me promène dans le parc du manoir, au loin des nuages noirs annoncent de l'orage, l'ambiance est étrangement calme. J'avoue me sentir un peu dépassé par les événements, la perte de François m'a fait perdre foi en notre avenir, je ne sais pas si je serai à la hauteur des combats à venir. Les zombies vont-ils triompher ?

Galena m'interrompt dans mes sombres pensées depuis une fenêtre des cuisines :

— Mikelé ! Viens, on parle de la manif de Nantes à la télévision.

Je la rejoins et m'intéresse au reportage :

— Me voici en direct de la manifestation « Touche pas à mon zomb » sur la place Royale à Nantes, quelques centaines de courageux Nantais se sont rassemblés ici aujourd'hui autour du leader François Rupin, et des stars françaises Pep's et Benabar.

Je vois effectivement un groupe de manifestants avec des banderoles et des casquettes « Touche pas à mon zomb », il y a aussi quelques morts-vivants de la fête sans que cela n'inquiète trop les participants, certains font même des selfies avec eux, manquant de peu de se faire mordre. D'autres vont vers un zombie et essayent de communiquer avec lui... sans succès. Un bobo avec une écharpe verte sur une chemise kaki, débordant sur un pantalon de lin acheté au commerce népalais du coin, s'approche d'un jeune mort au regard vide comme le cerveau de Ségolène Royal.

Le présentateur télé nous fait son petit montage :

— Comme vous pouvez le constater, les victimes de la contamination, dont ce jeune homme, lorsqu'on va vers eux dans un esprit fraternel, le malade n'est pas agressif, on peut même communiquer avec lui. Faut vraiment être selfich.

Le reporter ne rate pas l'occasion du scoop :

— Bonjour, monsieur Zombie, vous êtes en direct sur France Télévision...

— Agggrffhghglll !

— Enchanté aussi, que ressentez-vous, souffrez-vous de votre état, ou vous sentez-vous simplement différent ?

— Oreghhhhhannkkkh !

Le bobo militant renchérit :

— Oui c'est exactement ça, ils ne sont pas malades, ni morts, ni zombies, en fait, mais juste différents, il faut arrêter avec la stigmatisation à leur encontre, ils ont le droit à la différence !

— Bleurrrepgpgphhhh !

— Vous voyez ? Il est d'accord avec moi ! poursuit le bobo, ce n'est pas à eux de changer, mais à nous d'aborder la transition entre leur monde et le nôtre.

Soudain j'aperçois la cousine Sophie, cette idiote est allé rejoindre la manif, mais mon attention est détournée par le reporter qui est attiré par quelque chose et invite son cameraman à le suivre de l'autre côté de la place ; cet ahuri clame à qui veut l'entendre :

— C'est extraordinaire, j'aperçois notre collègue que tout le monde croyait mort : Jean-Remi Pateau

Galena me pousse du coude :

— Vich[33], c'est pas le crétenn de journaliste zombie ?

Effectivement, sur l'écran, on voit Jean-Rémi avec son casque-caméra, plus zombie que jamais. Jusqu'où les journalistes sont-ils prêts à aller pour un scoop ?

Ce que l'on voit est irréaliste : les décharnés essayent de mordre les manifestants, qui tout à leurs slogans fraternels, n'expriment ni peur ni prudence ; ils essayent d'entrer en contact avec les zombies en leur expliquant leur vision simpliste et « bisounours » des choses, comme si un miracle allait survenir et que la communication pacifiste ferait office de sérum.

Des cris de douleur cassent l'ambiance : certains sont pris à la gorge, du sang gicle jusque sur les caméras de France Télévision ; malgré cela, des organisateurs du service d'ordre conseillent de ne pas se défendre. Comme pour faire écho, une rafale de mitraillette fait tomber une dizaine de Nantais, citoyens et zombies confondus, sous ses balles.

Nous assistons sur grand écran, complètement ébahis, au déferlement de ce qui semble être un groupe paramilitaire avec quelques volontaires qui ont sorti leur attirail militaire, encore neuf, pour l'occasion.

---

[33] Regarde

— Brigade anti-zombie ! Butez-moi tous ces sanguinolents ! hurle le capitaine.

Les coups de feu, s'ils font tomber plusieurs zombies, en attirent d'autres par centaines.

Je m'énerve derrière l'écran, ils ne savent donc pas qu'on ne peut pas tuer les zombies à coup de fusil ? Ces connards vont tous les amener ici ! Et ma sœur qui va pas tarder à se marier, sans compter mon ex dans la laverie. Si François n'était pas tombé au combat, je trouverais presque ça comique.

François Rupin, fidèle à ses convictions jusqu'à la connerie suprême, vocifère dans un hygiaphone :

— Ne tirez pas ! Il ne faut pas répondre à la haine par la hai… Grleooifmmmgffff !

Je n'ai pas l'opportunité d'en voir plus, car Galena a brutalement changé de chaîne, m'entraînant sur Arte.

Un narrateur nous explique sur fond d'images historico-zombiesques, l'apocalypse zombie :

Il y a beaucoup d'agents pathogènes différents, de parasites qui pourraient transformer un être humain en zombie.

Est-ce qu'un fléau zombie est vraiment possible ? Il ne fait aucun doute que nous disposions de la technologie qui pourrait mener à notre perte. L'impensable devient imaginable… Le monde entier doit être prêt à ce qui s'annonce comme la pire pandémie qui ait jamais eu lieu. Aujourd'hui chacun doit élaborer sa propre stratégie pour survivre...

Pour une fois, je suis plutôt du côté des intellectuels que du peuple.

Je reprends la télécommande des jolies mains de Galena, un peu trop fermement et j'ai droit à son regard noir. Je zappe néanmoins sur le direct de France Télévision. Je me chargerai de me faire pardonner plus tard.

Cette fois, la manif tourne au vinaigre plus rapidement que lors d'une charge de C.R.S. en banlieue, c'est la panique générale !

Jamais Pep's n'avait été autant adulé par ses fans : hystériques, affamés, ils le dévorent. Bénabar s'enfuit en hurlant face à ses admirateurs déçus de ne pouvoir le goûter. J'aperçois avec plaisir Clémentine Hautaine, poursuivie par un groupe de jeunes verdâtres sans cervelles, au sens propre comme au figuré. Subitement, les images se mettent à trembler, on voit la bataille à l'envers, puis le visage putréfié de notre Jean Rémi qui dispute la caméra et le micro à ses confrères encore en chair. Nous assistons en direct au combat final, la caméra choit à terre et il ne reste plus que le son et les pieds des décharnés s'avançant vers la statue de Louis XIV. La chaîne coupe la transmission et lance une page de publicité : un personnage « orangina » surgit sur l'écran, à moitié décharné, lançant son célèbre slogan, « mais pourquoi est-il si méchant ? »

pour finir par vanter le nouvel « Orangina Grenade », « parce que !!! ».

Galena me lance un regard que je n'ose relever. C'est vrai que les Français, question connerie...

* * *

Bon c'est pas tout, cette fois je dois trouver Damien. La sonnerie du portail extérieur retentit, et ce que je crains arrive, ma frangine me hurle d'aller voir. Je me traîne jusqu'à la grille en râlant. De loin, j'ai l'impression d'apercevoir un zombie, peut-être un décharné a-t-il appuyé sur la sonnette ; mais en m'approchant, je réalise qu'il s'agit de François. Nom d'une goule, comment mon pote zombifié a-t-il pu arriver jusque-là ? Il me regarde et me fait signe, non, comment est-ce possible ? Aussitôt, ma raison se bat avec mes émotions, l'une dit « ton pote est zombifié, mets fin à ses douleurs », tandis que l'autre se réjouit de revoir François et m'incite à le faire entrer. Je suis mon petit ange idéaliste qui me susurre qu'on trouvera un remède pour mon pote, que tout n'est pas perdu. Quand même, je prends mes deux pistolets de Grolleau et m'avance vers François.

Je le regarde, son teint est livide, ses cheveux dressés sur sa tête semblent coller entre eux, ses mains sont veineuses et grises, ses yeux rouges, mais son regard est droit et franc, ce n'est pas le regard d'un zombie, mon pote est là ! Il confirme en me glissant à l'oreille :

— Mickaël ! C'est moi François !

Je crois rêver, François me parle alors qu'il est couvert de morceaux de chair sanguinolente. Je reste muet ; c'est bien la première fois que François me coupe la chique :

— Tu vas ouvrir gros con ?

Cette fois j'en suis sûr, c'est bien mon pote ! mais comment, mais pourquoi... je ne perds pas mon temps avec ces questions, je lui ouvre tout grand la grille, que je referme aussitôt derrière son passage. Je l'emmène en vitesse dans la chapelle annexe au manoir. Une fois la porte massive close, je bombarde mon pote de questions. Serein et hilare, François répond simplement par une phrase :

— Tu crois pas que j'allais laisser ces infectés me contaminer, j'ai plus d'un tour dans mon sac.

Et de m'expliquer :

— Quand j'ai été attaqué par la grosse créature, j'ai su que je n'avais aucune chance, alors je suis allé dans mon labo et me suis enduit les vêtements avec les intestins du zombie livreur de pizzas. J'ai avalé une préparation que j'avais faite : ça ralentit le cœur et fait chuter la température corporelle, ainsi je me sentais engourdi, je pouvais à peine parler, je ressemblais trait pour trait à un vrai zombie. Et ça a marché ! Quand le monstre m'a attrapé, il m'a pris pour un des siens et m'a jeté. Par contre, tu m'as abandonné sur place, alors j'ai dû venir ici par mes propres moyens, et crois-moi que c'est pas facile en ce moment.

Honteux, je tente de me justifier :

— Ben j'étais sûr qu'il t'avait eu, et puis on était entourés de zombs, sans compter Damien et sa deuche caractérielle. Mais ch'uis trop content de te revoir mon pote ! Tu te rends pas compte du boost que ça me met. Ensemble, on aura ces salauds.

— Ouais, mais avant je vais prendre une douche et me changer.

— Je t'accompagne, faudrait pas que tu crées la panique.

CHAPITRE 18
NYAMA PROBLEM[34]

François est sous la douche lorsque je retrouve enfin Damien, en train de ronfler, affalé dans un fauteuil. Je le secoue :

— Le gros, réveille-toi, j'ai besoin de toi !

Une espèce de limace en jogging gris pâle se retourne et me fixe d'un œil torve :

— Hein ? Quoi ?

Il a non seulement l'aspect du gastéropode, il en a également l'intelligence. Il frotte ses yeux chassieux, essuie d'un revers de manche un filet de bave qui lui coule le long du menton :

— Le mariage a commencé ?

Je rassure ce gros tas de graisse :

— Non, on a encore deux heures devant nous.

Mais il ne démord pas, tel le bouledogue, il agite ses bajoues :

— Alors qu'est-ce que tu me veux ?

— Je dois aller chercher mon ex en ville...

---
[34] Il n'y a pas de problème

Il se réveille enfin totalement et s'emporte :

— Ah non ! Ma deuche a trop souffert la dernière fois, j'ai pas envie d'aller me battre contre un Colosse armé de bazookas.

Je me doutais un peu que le gros serait pas partant, pourtant j'essaye encore de le convaincre :

— Allez, tu vas pas me laisser tomber, t'es un bonnet rouge pas un faiblard !

Pendant que j'essaye de convaincre Damien de repartir dans sa caisse, François sort dans le petit peignoir rose que Galena lui a prêté. Je ne peux retenir le fou rire. Damien ouvre grand les yeux :

— François ! Vieille lope !

— Quand vous aurez fini de vous foutre de ma gueule... !

— J'ai du chouchen dans mon sac, on va boire un coup !

Devant un verre, François explique au gros comment il a échappé au super mort-vivant, j'essaye de revenir au sujet pour Véro, mais les deux poteaux n'ont désormais plus envie de quitter la table de la cuisine. Vassil est affalé devant un match de football, je ne le vois pas venir, par contre je sens sa main gigantesque m'enserrer l'épaule. J'ai les flubs une fraction de seconde :

— Moi, je vais chercher la femme.

Le salaud...

— Tu parles français ! m'exclamé-je.

— Oui Monsieur, quand je suis enfant, je apprends français.

Se mettant au garde à vous, le Bulgare déclame en me tendant la main :

— Bonjour Camarade Professeur !

Je retiens le fou rire qui grimpe en moi et serre sa main ; mal m'en prend car je me fais broyer les quatre doigts. Je ne suis pas très chaud pour envoyer Vassil chercher mon ex, quoique... comme il est têtu, il insiste :

— Donne adresse et je chercher femme.

Je ne peux quand même pas laisser Véro entre les bras de Vassil... en pensant comme ça, je me dis qu'après tout ça lui ferait une bonne leçon. Et puis moi j'en profiterai pour me rapprocher de Galena.

— D'accord mais sois prudent, les rues ne sont pas sûres.

— Nyama problem !

Avec les Bulgares, il n'y a jamais de problème. Sans trop y croire, je lui fournis les indications du lieu où je pense que Véro est coincée. Vassil prend son smartphone et cherche sur la carte de Nantes en tapant « lavomatic », il trouve celui qui paraît le plus vraisemblable, me le montre pour confirmer. Là, il me bluffe. Il appelle ensuite un taxi, se tourne vers moi :

— C'est où ici ?

J'hallucine : un taxi ? Alors que c'est Nantes War Z depuis hier... Je lui file toutefois l'adresse du manoir. Une femme lui répond qu'un taxi va venir le chercher dans cinq minutes. Alors là il m'épate le Bulgare !

Je le vois partir d'un air tranquille alors que le taxi klaxonne à tout va, le flegme bulgare... peut-être dû à un excès de rakiya, c'est vrai que c'est plutôt une boisson d'homme.

L'espace d'un instant, il me semble que le chauffeur de taxi... mais celui-ci part en trombe et je ne peux confirmer mes craintes. Je me dis que je ne le reverrai peut-être jamais le cousin Vassil en chair et en os.

Un verre ne me ferait pas de mal. Je cherche Galena qui détient les munitions de rakiya. Je m'enquiers d'elle auprès de sa mère qui me montre l'étage. Je grimpe pour la énième fois ces foutus escaliers tapissés de rouge, mais je ne suis pas le prince de Cendrillon et j'espère bien que ma belle ne s'est pas endormie pour cent ans ; encore que le baiser pour en faire ma reine, je ne suis pas contre. Tout à mes frivoles pensées, j'entre dans une chambre dont la porte est ouverte pour me casser le nez sur la cambrure majestueuse de Galena, dans une robe des mille et une nuits. Tu vois que j'avais pas tort avec mes contes de fée.

Elle est sans complexes, fidèle à sa nationalité. Elle se cambre un peu plus contre moi :

— Mojech[35] ?

Si je peux quoi ? Soudain je comprends. Triple idiot, la fermeture éclair de sa robe ! Je la remonte délicatement en essayant de regarder ailleurs. Elle est entourée des demoiselles d'honneur, je ne veux pas la déranger. Je lui dis juste que j'aimerais discuter avec elle un moment et que je l'attends dans le salon. En tournant derrière la porte, j'entends Vania lui dire :

— Toillé obitcha ti[36], en éclatant de rire.

Je me sens un peu crétin.

Elle arrive en tenue d'intérieur qui lui sied à ravir. Je me demande même ce qui ne lui va pas. Pour cacher mon trouble, j'attaque direct :

— Ton cousin est parti tout seul chercher mon ex-femme, je ne suis pas tranquille pour lui.

Elle hausse les épaules et rétorque :

— Il sait quoi faire.

— Il y a un truc qui me chiffonne : Vassil a touché un zombie qui s'est aussitôt décomposé, comme si ses doigts avaient le même pouvoir que le vin de pays.

---

[35] Je peux ?

[36] Il t'aime

Son front mignon se plisse légèrement, soudain ses yeux s'illuminent d'une découverte :

— Je sais ! Quand il était enfant, Vassil est tombé dans une cuve de rakiya et on a cru qu'il s'était noyé. Depuis ce temps, il peut en boire un litre par jour sans problème. C'est sûrement pour cela qu'il peut tuer les morts en les touchant.

Un Obélix bulgare ! C'est presqu'un crime de lèse-majesté pour un Français. Son explication tient la route. Peut-être reverrais-je Véro.

* * *

Vassil filme la ville à travers la fenêtre du taxi qui roule à toute allure, slalomant entre les nombreux obstacles : véhicules arrêtés ou accidentés, blindés de l'armée à l'abandon, marcheurs livides ou coureurs affamés. Le taxi débouche sur le cours des 50 otages, en évitant les trous d'obus, il remonte vers les quais de l'Erdre et s'arrête au bas des immeubles où stagne un attroupement face au lavomatic. Il demande au chauffeur de l'attendre sans s'apercevoir que sa casquette ne tient que sur une oreille. Il va débonnaire en direction des gens. Des têtes cadavériques lui font face, des au teint verdâtre, aux yeux noirs, des plaies béantes à la gorge ou ailleurs ; des faces qui ne suscitent que le dégoût. Les Bulgares ne sont pas regardants, il se fiche de savoir si tu as sale gueule ou pas, l'important c'est qu'ils te connaissent ou pas. Là, Vassil ne les connaît pas. Alors que les premiers zombies ne sont plus qu'à un ou deux mètres, ils se tétanisent, comme statufiés par le regard de Méduse. Un ancien commercial, ayant conservé son sourire colgate et son attaché-caisse de cuir, ne fait pas bonne figure avec son nez pendant au bout d'un nerf ; il se jette courageusement contre Vassil dans un grognement bestial, sans doute pour lui placer quelque assurance.

Les Bulgares n'aiment pas les emmerdeurs et Vassil lui écrase son poing sur la gueule, faisant gicler le reste de nez dans la bouche d'égout. Le commercial-zomb se désagrège aussitôt, tel le vampire au soleil. Vassil sort de sa poche une petite fiole de rakiya, qu'il boit d'un trait. Il rend hommage au breuvage bulgare en rotant bruyamment, ce qui fait fuir une dizaine de zombs affolés. Une grosse ménagère qui traîne une poubelle à roulettes tout en suintant le moisi et un black de la C.U. qui a pris un teint verdâtre, surgissent ensemble près de Vassil. Peut-être avait-il marché sur le gazon ou lâché un papier à terre ? Quoi qu'il en soit, ce ne sont pas des manières de garantir la propreté de la ville. Ces incivilités leur valent à chacun une grande baffe qui les réduit en poussière. Ne reste plus qu'à les mettre dans la poubelle. C'est pratique ces zombs qui emportent de quoi nettoyer après leur passage. Ces exemples portent leurs fruits puisque Vassil peut maintenant sans peine cheminer au milieu de la foule zombiesque qui le regarde passer comme les ministres de Louis XIV. Ça finit même par l'amuser, et il se filme avec son smartphone en train de pulvériser les décharnés. Les morts finissent par courir dans les rues, comme repoussés par l'invincible guerrier thrace, digne descendant, quoi qu'en plus gras du bide, du célèbre Spartacus. Vassil trouve Véronique coincée la tête en bas dans un gros séchoir. Il ouvre la porte et extrait délicatement la jeune femme de la machine ; elle se retrouve entre ses bras puissants, sans trop savoir ce qui lui arrive ; d'autant que son sauveur abat à la volée une dizaine de zombies un peu trop collants. Elle peine avant de pouvoir bouger ses membres engourdis et ne trouve pas ses mots :

— Merrr… ci !

Tout en soulevant Véro comme une pâquerette, le Bulgare fait les présentations :

— Enchanté Madame, je m'appeler Vassil.

Véro comprend que je lui ai envoyé ce type, elle aurait bien voulu dire une petite pique à mon encontre à ce sujet, mais se sent trop fatiguée pour parler.

Vassil dépose Véro sur le siège du taxi, il se met à ses côtés, son bras puissant entourant les frêles épaules de la femme, et ordonne au chauffeur de retourner au manoir. Dobré, se dit Vassil, ça... c'est fait ! Nyama problem, nyama nikoille problem.[37] C'est du moins ce que pensent les Bulgares. Il n'y a jamais de problèmes, jusqu'à ce que la chance leur fasse défaut.

Le retour se fait à la même allure qu'à l'aller et Véro devient couleur zombie. Véronique passe la main dans ses cheveux, ils sont dans un état... faut dire qu'ils ont subi plusieurs séchages au cours de la nuit. Heureusement que les zombies ne savaient pas mettre la haute température ! Elle regarde son sauveur : un gros bulgare qui ressemble au chanteur des garçons bouchers, mais elle le voit en cet instant comme Vin Diesel dans Triple X.

— Merci Vassil, vous êtes mon héros...

— Nyama nichto[38], Madame.

— Sans vous, je n'aurais pas survécu, je vous suis éternellement reconnaissante.

— Euh... da, dobré ! fait-il en lui lançant un clin d'œil complice.

Le fait que Vassil se soit rapproché de Véro ne semble pas l'inquiéter outre mesure, elle bavarde :

---

[37] Il n'y a aucun problème

[38] Ce n'est rien.

— Vous avez trouvé un taxi ? C'est incroyable !

— Taxi, da, da... pas difficile trouver taxi. dit-il en exhibant son portable.

Le chauffeur tourne la tête vers eux. Véronique sursaute, puis vrille les tympans de son sauveur en s'accrochant à son cou ; faut dire que le conducteur n'a pas le format standard, il serait plutôt du genre Freddy Krugger au meilleur de sa forme. Le chauffeur grogne quelques indications inaudibles. De toute façon il y a déjà l'autocollant interdit de fumer. Son sourire est une vitrine de boucher, avec quelques brins de thym et morceaux de salade, son haleine aurait mis à terre une horde barbare. Véronique enfouit son joli nez dans le cou de Vassil qui se félicite d'avoir choisi Paco Rabane. Le plus drôle, c'est qu'il conduit totalement à l'aveugle, comme si son instinct de taximan était conservé.

Elle crie, hurle, se débat dans les bras de Vassil qui ne comprend pas sa panique, et tente de la calmer en la serrant contre lui :

— Spokoéno[39] !

Le taxi va trop vite, il frôle des véhicules à plusieurs reprises, et percute des supporters du FC Nantes. Le choc fait éclater le pare-brise, l'un d'eux se retrouve sur les genoux de Véro, et tente de lui donner le baiser de la mort. Véronique qui n'aime pas les gars

---

[39] Du calme

trop entreprenants qui suintent le vomi, se défend comme elle peut. La bouche du cannibale se rapproche, elle craint s'évanouir sous l'haleine fétide de son dragueur. Il s'apprête à mordre sa jugulaire, elle sent les lèvres putréfiées contre son cou, « ça y est », se dit-elle, « fini pour moi ». Soudain le mort se désagrège. La femme se recroqueville au fond de son siège, tremblante de peur.

— Mais comment vous avez fait ça ? demande-t-elle à Vassil.

Il répond d'un haussement d'épaules, complètement imperturbable :

— Né snam[40].

Véronique essaye de reprendre ses esprits, le chauffeur poursuit sa course folle dans les rues de Nantes, c'est un miracle qu'ils n'aient pas encore eu un accident. Afin de l'aider à surmonter cette crise, Vassil sort une petite bouteille de rakiya de la poche de sa veste et la tend à Véro :

— Piye.

Elle se dit qu'elle a bien besoin d'un remontant, en plus elle n'a rien mangé depuis la veille, alors elle laisse couler le liquide dans sa gorge comme s'il s'agit d'eau minérale. L'effet est instantané : son visage passe du blanc crème au rouge écarlate, et elle a une toux d'enfer.

---

[40] Je ne sais pas

— Rhaaaa ! Mais qu'est-ce que c'est que ça ? demande-t-elle à Vassil.

— Rakiya ! Rakiya ! répond-il fièrement.

L'instant d'après le breuvage semble se répandre comme une explosion de feu dans l'ensemble de son corps, elle a trop chaud et enlève son pull pour se retrouver en soutien-gorge. Elle part ensuite d'un éclat de rire et lève sa bouteille :

— À ta santé !

Vassil sort une deuxième flasque de rakiya et dit :

— Haïdé da sé tchouknem[41] !

La deuxième gorgée passe plus facilement, et l'esprit de Véronique commence à battre la campagne, se désintéressant même de ce que fait le chauffeur de taxi, qui roule à plus de 130 dans le quartier de Malakoff.

— Mon sauveur, fait-elle en embrassant Vassil, t'es un homme toi, un vrai. Tu sais quoi ? Pour te remercier, tu peux me demander ce que tu veux.

— Dobré ! Tchoukvamé li[42] ?

---

[41] Allez trinquons !

[42] Bien ! On baise ? En bulgare, baiser et trinquer sont le même mot, qui vient de tchouk, marteau.

— Ah ! Da ! Trinquons, trinquons ! répond-elle en faisant cogner sa bouteille à la sienne avant d'avaler une nouvelle gorgée.

Soudain, une voiture de sport roule à côté du taxi avec à son bord une bande de jeunes de cité, à la différence près qu'ils sont tous morts-vivants. Ils font la course avec le taxi, on se croirait dans Fast and Furious. Véronique croit avoir affaire à des p'tits cons vivants et leur crie par la fenêtre :

— Allez vous faire empaffer plus loin !

L'un d'entre eux, qui ressemble à Joey Starr grâce à sa zombification, le regard aussi haineux que de son vivant, rétorque en grognant :

— Nikeurrmmmfff ta merrrgghhh ! Couguarfffff !

Les carrosseries se frôlent à plusieurs reprises, les zomb-ta-mère ricanent. A un moment, ils passent devant le taxi, mais perdent le contrôle et vont s'écraser contre un camion de la police d'où surgissent des C.R.S. zombies. Ces derniers casqués, brandissent leurs boucliers et lancent des bombes lacrymogènes sur les banlieusards alors que le taxi s'enfuit. Suite à une explosion, des éclats de verre traversent les vitres du taxi, dont un qui vient se figer dans le crâne du chauffeur, les paillettes de verre viennent décorer la chevelure de Véro comme un sapin de Noël, qui n'avait pas besoin de ça.

Vassil la regarde avec envie alors que le soleil fait miroiter les petits bouts de verre incrustés dans sa chevelure.

— Toi très jolie !

À moitié saoule et sensible au compliment, l'adrénaline montant dans ses veines face au danger, Véronique s'allonge sur Vassil, tandis que le chauffeur a enclenché une cassette de rock-alternatif à fond la gomme.

Le taxi stoppe brutalement devant le portail du manoir. Au moment de payer zombi-driver, Vassil lui dit tout en regardant dans son porte-monnaie :

— J'ai seulement cinq levas, dobré za tep[43] ?

Comme le chauffeur ne semble pas d'accord avec sa proposition, Vassil lui fait une tape amicale dans le dos. Véronique tente de sortir en petite culotte, mais Vassil très galant se met devant pour masquer l'infamie, ce qui permet à Véro d'enfiler son pantalon. Quand j'ouvre le portail, je découvre un spectacle cocasse : mon ex visiblement éméchée est collée à Vassil ; sur son visage est peint un air béat que je connais bien. Elle éclate de rire en me voyant :

— Tu en fais une tête, on dirait que tu vas à un enterrement !

— Je vois que tout s'est bien passé, n'est-ce pas Vassil ?

---

[43] C'est bon pour toi ?

— Da, nyama problem !

CHAPITRE 19
UN MARIAGE ET VINGT-QUATRE ENTERREMENTS

Dans la chapelle du manoir, une trentaine d'invités sont assis de part et d'autre de l'allée centrale qui attend la mariée, espérons qu'elle ne soit pas zombie, je vois d'ici les titres « la mariée était un zombie ». Mais non, jusque là tout va bien, le père Arnaud est parvenu, miracle de son dieu, jusqu'à nous. Il grimpe à la chaire en chair et en os.

Ma sœur, rayonnante dans sa robe de mariée, marche au bras de notre père, qui pour une fois a les pieds sur terre, au son de la marche nuptiale. Bien que le smoking me sied à ravir, je me sens ridicule face à la beauté éclatante de Galena, moulée dans une robe garnie de strass. En tant que témoins nous suivons le couple, précédant les demoiselles d'honneur. La chapelle est splendide, décorée de lilas blancs et mauves aux senteurs printanières. Les vieilles pierres gardent l'intérieur frais, heureusement pour Stouyan qui transpire devant l'autel à l'approche de sa fiancée.

Amis et parents sont presque tous présents : Damien et François à l'arrière, avec le couple franco-suisse (ex zombie). Famille, cousins, oncles et tantes, sont présents et en costume. J'ai comme la sensation d'avoir fait un cauchemar, et puis soudain je me réveille au mariage de ma sœur. Je me rends compte qu'il manque Sophie, et là je sais qu'il ne s'agit pas d'un cauchemar. Je crains car mes pulvérisateurs sont restés sous un banc de l'église, ils déformaient mon smoking. Toutefois, si les affreux attaquent, les plis de mon costume seront le cadet de mes soucis. La belle-famille bulgare s'est mise sur son 62, je veux dire par là qu'elle est doublement apprêtée. Les femmes ont une classe folle, et les hommes ont mis leurs plus beaux souliers. Vassil, accompagné de sa femme Vania, a laissé Véronique ronfler dans une chambre au premier.

Ma sœur prend place à côté de Stouyan, magnifique dans son costume, il a repris quelques couleurs grâce à son régime kachkaval-rakiya. Galena m'adresse son plus beau sourire.

Père Arnaud commence la cérémonie :

— Mes frères et sœurs, nous sommes réunis en ce jour sous le regard du Seigneur pour unir deux de ses enfants. Le mariage est un sacrement solennel qui implique un investissement total, ce que Dieu a uni sur Terre, nul ne peut le désunir.

Galena me regarde en faisant la moue, visiblement les bondieuseries, c'est pas trop le truc des Bulgares. En femme libre, personne ne l'empêchera de divorcer si le bonhomme ne lui convient plus.

— Vous, Nadège Janvion, voulez-vous prendre pour époux Monsieur Stouillan Yordanof Stouyanof ? Jurez-vous de le servir, de le chérir, de l'assister dans la richesse comme dans la pauvreté, de lui être fidèle pour le meilleur et pour le pire jusqu'à ce que la mort vous sépare ?

Ma sœur, les larmes au bord des paupières :

— Oui je le veux !

— Et vous, Monsieur Stou-Yann Yordanof Stouyanof...

* * *

Une ombre gigantesque s'étend sur la grille d'entrée du manoir. L'Hybris-T a marché depuis le centre-ville, son visage de métal chair inexpressif émet un hurlement lugubre. Son armure diffuse une musique de Maître Gims qui attire une foule immense de morts affamés. Ils sont venus de partout, on ne sait pas d'où ils viennent, de sous terre pour certains, ils occupent toutes les rues environnantes, bien décidés à en finir avec les survivants retranchés dans le manoir. Un tir de roquette du monstre d'acier pulvérise le portail et la marée zombiesque se répand aussitôt comme le jour d'Aïd Kebir.

* * *

Dans leur base de Chantenay, les techniciens de Syngensanto surveillent la progression de leur créature via les caméras implantées dans son front. Sa mission : *search and destroy*. Il est directement branché sur les téléphones portables de Mickaël et Damien. Une cible est au manoir, l'autre à la chapelle. L'Hybris se dirige droit sur le manoir.

Alors que cette opération commence, l'hélicoptère du PDG atterrit sur le toit de l'usine Armor. Jean-Marc Vadorian est présent pour superviser, et il est impatient de recevoir de bonnes nouvelles afin de calmer les appréhensions de ses actionnaires.

* * *

J'entends un bruit d'explosion suivi d'un brouhaha, le prêtre en est à l'échange des consentements :

—... jurez-vous fidélité, protection et assistance à Nadège Janvion, dans la joie et dans la peine, dans la richesse et dans la pauvreté, jusqu'à ce que la mort vous sépare...

— Da ! Je veux.

Le bruit sourd se rapproche, j'échange avec Galena un regard inquiet. Je tourne la tête vers François qui comprend aussitôt et donne un grand coup de coude à Damien qui s'était endormi.

Le prêtre ajoute cette recommandation :

— Si quelqu'un s'oppose à ce mariage, qu'il s'exprime maintenant ou se taise à jamais !

Soudain de grands coups sont frappés à la porte de la chapelle, on entend des grognements plaintifs et le bruit d'ongles grattant le bois. Tout le monde se retourne, je me dis que ça va chauffer sous peu alors j'incite le prêtre à terminer d'un geste d'impatience. Nadège me fusille du regard et d'un geste digne de Louis de Funes rappelle à Galena de donner les alliances à Stouyan. Celle-ci tend les bagues à son cousin qui les prend et s'apprête à la passer au doigt de sa femme, mais le stress le rend maladroit et l'anneau roule le long de l'allée sous un banc de l'église.

Le regard de ma sœur à mon endroit est éloquent : je file à quatre pattes entre les jupes des filles et des enfants de chœur pour retrouver l'anneau maudit.

Pendant ce temps, les bruits s'intensifient derrière la porte... Damien et François rasent les bancs en direction de la sortie, munis de leurs bouteilles de chouchen. Damien, curieux, entrouvre la porte, François lui fait les gros yeux, toutefois par acquis de conscience, il s'enquiert de ce qui se passe. La cousine Sophie avec son teint blanc laiteux habituel est là ; François rassure Damien :

— C'est juste la cousine de Mickaël.

Damien ne se contente pas de cette simple explication, il ouvre en grand les deux battants : les deux amis se retrouvent nez à nez avec une foule de zombies : ouvriers, cadres plus trop dynamiques, chômeurs recyclés, VRP, serveuses, caissières, secrétaires, employés, fonctionnaires, tout ce que Nantes a de plus ordinaire. Il y a même de vieilles connaissances comme mon conseiller Pôle Emploi et le reporter Jean-Rémi Pateau qui réalise là le scoop du siècle.

François referme aussitôt la porte sur la horde qui se fracasse le nez sur le bois massif. Cette fois la clameur enfle à tel point que tous les invités se retournent et lancent aux deux amis des regards réprobateurs.

Je surgis de sous un banc avec l'anneau et deux pulvérisateurs : je tends l'un à Stouyan et brandis les deux autres en direction de la sortie.

Heureusement le prêtre a le temps de bénir cette union :

— Je vous déclare donc sous le regard de Dieu, unis par les liens du mariage, vous pouvez embrasser la mariée.

Un vitrail éclate sous le coup de tête d'un zombie qui tient à marquer de son empreinte ce jour de fête. Son grognement se propage dans la chapelle en guise de bénédiction. Mais Stouyan ne le voit pas de cette manière : furieux qu'on vienne gâcher le plus beau moment de sa vie, il se saisit d'un bougeoir de laiton, prêt à en découdre avec le premier qui viendra le chercher.

Damien asperge de chouchen le mort-vivant, tout en pleurant sur le gaspillage de ce délicieux breuvage produit artisanalement à Rosporden. Le décharné prend instantanément feu et se consume en quelques secondes sous les regards ébahis et choqués des invités. Damien et François passent la tête par l'ouverture afin de jauger la situation. Ils s'aperçoivent que tout le parc est occupé par une marée inhumaine de contaminés aux intentions belliqueuses. Devant le manoir, se trouve également le zombie colossal équipé d'armes lourdes. Celui-ci braque son viseur sur la 2CV et la fait exploser en un seul tir de roquette.

— Ma deuche ! hurle Damien, salopard de zomb j'aurai ta peau !

Le monstre fait volte-face et braque sa mitrailleuse dans la direction de Damien.

François a juste le temps de tirer son ami à terre qu'une salve s'abat sur la chapelle, explosant un à un tous les vitraux, les balles abîment les murs et décapitent une statue de sainte vierge. Les invités se protègent comme ils peuvent des éclats de verre et de pierre qui leur tombent dessus.

Je file un pulvérisateur à Galena et celle-ci sort de sous sa jarretière un autre pulvérisateur, la coquine a pensé à tout. Nous nous apprêtons à combattre l'ennemi quand le prêtre s'interpose :

— Évitez la violence dans la maison du Seigneur !

— Va dire ça aux Zombs, je lui rétorque.

Le type prend un air halluciné comme si le Messie en personne venait de lui apparaître et s'adresse à ses ouailles pendant que les rafales de mitrailleuse se poursuivent.

— Mes sœurs et mes frères, écoutez-moi, prions tous ensemble et le Mal ne pourra entrer dans la maison de Dieu ! Notre père qui êtes aux cieux...

Les gens se mettent à prier, Galena m'incite à aller rejoindre Damien et François. Soudain, un des murs explose sous un tir de roquette. Du nuage de poussière, surgit la première vague zombie. Les premiers invités se font déjà mordre, et les morts envahissent la chapelle sans que nous ne puissions faire quoi que ce soit pour les arrêter.

Un petit escalier de bois permet d'accéder au clocher, j'incite mes amis à me suivre à cet étage. Galena gravit les marches à toute vitesse malgré ses talons aiguilles, suivie du gros et de mon pote François. Le jeune couple a pris position sur l'autel, chacun une arme à la main, Stouyan avec son chandelier et ma sœur brandit le banc de prière. Je ne peux aller la secourir, il me faut monter à mon tour, abandonnant mes amis et ma famille. J'espère qu'ils s'en sortiront. En haut, je me couche sur le plancher au dessus de l'escalier de façon à asperger de vin les décharnés qui essayent de grimper. Galena se couche à côté de moi, je lis sa détermination sur son visage, elle ne se laissera pas mordre sans combattre. Derrière nous, François est auprès du gros qui s'est affalé contre le mur en montrant à son ami sa morsure au bras :

— Regarde je suis foutu, j'ai été mordu.

— T'inquiète pas, bois du chouchen, ça va contrer l'infection, rassure François.

— J'ai laissé ma bouteille sous mon banc, non c'est fini pour moi.

François fouille dans ses poches et sort un morceau de Reblochon qu'il applique en cataplasme sur la vilaine blessure, espérant que cela suffise à retarder la transformation en zomb.

— Pas la peine de gâcher un si bon fromage, de toute façon on est foutus, se lamente le gros, pas moyen de sortir de ce traquenard, ils sont trop nombreux.

Je n'ose lui dire de la fermer et je dois bien avouer qu'il a raison, l'espoir de nous en tirer vivants est infime. L'escalier grince sinistrement sous l'assaut des zombies qui arrivent en masse. Partageant ma tristesse, Galena prend ma main et la serre contre son cœur.

— Ça va pas être facile !

Je joue les fanfarons pour la rassurer, mais c'est elle qui me donne de la ressource :

— Embrasse-moi, idiot.

Le baiser est d'autant plus savoureux qu'il s'agit sans doute de nos derniers instants.

Hybris-T est entré dans la chapelle, il est au bas de l'escalier, quand soudain celui-ci s'écroule sur lui avec la masse de zombies qu'il contenait. Je regarde mes poteaux, puis Galena. On se comprend, chacun reprend sa bonbonne et courage ! Tels des Tarzans, nous descendons par les cordes des cloches qui tintent sous nos poids respectifs. Nous nous en servons comme des lianes pour esquiver la montagne de zombies emprisonnés sous les débris de bois. Il faut faire vite. Galena ressemble à une amazone dans sa robe pailletée, son pulvérisateur à la main, la corde dans l'autre.

Hybris-T se relève et braque sur nous deux mitraillettes géantes, c'est trop con, tout ça pour ça !

Quand retentit une musique dans la chapelle : c'est Vassil, l'invincible qui a atteint la chaîne-hifi et mis une clé USB de folk bulgare. Cela produit un effet dévastateur sur les zombies qui se mettent les mains sur les oreilles tels des handicapés, même super-zomb tremble de toutes ses plaques d'acier. J'entends ma sœur hurler :

— Salopards de zombies, je ne vous laisserai pas gâcher mon mariage !

Je l'aime ma frangine.

Elle est descendue de l'autel, sa robe de taffetas est tâchée de sang, mais elle n'en a cure, elle se fraye un chemin jusqu'à l'escalier en assénant des coups de chandelle, fracassant des crânes et des mâchoires. Mon conseiller bancaire zombifié se prend un beau taux « indexatoire et entubatoire » dans la gueule, je le vois s'écrouler sous la violence des coups de ma frangine. Celle-ci atteint le colosse et se met à le cogner de toutes ses forces. Ma sœur est devenue une vraie furie. Avec Galena, nous en profitons pour asperger le monstre de vin et l'effet conjugué de la musique, des coups de ma sœur et du vin de terroir, il vacille et s'écroule enfin sur les dalles de la chapelle.

***

Quartier de Chantenay

Base de Sygensanto

Jean-Marc Vadorian fulmine devant les écrans de contrôle :

— Qu'est-ce que c'est que ce bordel ? Réveillez-moi le prototype !

— C'est impossible, explique un ingénieur, son cerveau ne réagit plus à nos stimulus, l'Hybris est endommagé.

— Quoi !? Un joujou à 7 millions de dollars ! Bon, préparez-vous, nous allons le chercher illico, décidément il faut tout faire soi-même ici.

Le PDG embarque une minute plus tard à bord de son hélicoptère avec une poignée de techniciens et d'ingénieurs, tous revêtus de leurs combinaisons blanches. L'engin décolle et file à toute vitesse en direction de St Herblain.

* * *

Ma sœur s'acharne sur le corps inerte de Rambozomb, si bien qu'elle ne voit pas venir la cousine Sophie, aussi livide que de son vivant, qui la mord au bras.

Galena lui porte secours en expédiant un uppercut à la cousine. Vassil donne un coup de boule à mon conseiller Pôle Emploi, il tombe inerte et je ne peux m'empêcher en passant à ses côtés de lui rendre son conseil :

— Pensez positif !

Le reste des zombies fuit la chapelle poursuivis par les invités, encouragés par l'exemple de la mariée, ils se sont tous saisis, qui de bible, de statuettes, de vin de messe, et même de la croix du Christ pour poursuivre les morts-vivants. Rapidement, avec Galena nous sécurisons l'endroit, mais nous nous apercevons avec horreur, que l'immense majorité des invités du mariage a été mordue sévèrement. Va falloir au moins prévoir vingt-quatre enterrements, ça gâche un peu la noce.

Je conseille à Vassil de faire boire de la rakiya à tous les blessés, en espérant qu'ils survivent. Seulement, je ne suis pas tout à fait rassuré, car dehors il reste des milliers de morts-vivants qui font le siège tout autour de nous. De plus nos munitions sont quasiment épuisées, pour faire le plein il faudrait traverser la cour au milieu de l'essaim cannibale et puiser dans les victuailles du banquet. Je ne sais pas si nous aurons la force d'un tel exploit.

Le bruit d'un hélicoptère m'intrigue : j'aperçois l'engin atterrir sans se soucier des zombs qui s'écartent. Des gens en combinaison blanche sortent, armés d'Uzis, je vois leur chef descendre à son tour. François s'exclame :

— Nom d'un Ewok, ce sont eux, les gens de Sygensanto !

Je comprends instantanément : tout ce joli massacre, c'est leur œuvre, et là ils ne sont pas là pour sympathiser avec nous. Pour eux nous ne valons rien, seuls comptent leurs profits. Ils s'avancent vers la chapelle, je m'aperçois que les zombs ne les attaquent pas, quelque part on s'en serait doutés.

Le prêtre qui miraculeusement n'a pas été blessé par la précédente attaque court vers eux les bras tendus en avant :

— Miracle ! Alléluia ! Louons le Seigneur car il vous a envoyés nous sauver !

Un type en combinaison l'abat d'une rafale de pistolet automatique, ça aussi on s'en serait douté. Cette fois c'est bel et bien foutu, je ne crois pas que ces cons acceptent de négocier. François m'appelle : il est près du monstre métallique, il a branché son ipad sur le casque de la créature.

— Qu'est-ce que tu fais bon sang ?

— Tu vas pas le croire, on peut reprogrammer cette merde ! répond-il.

Je n'en crois pas mes yeux, en quelques secondes à tapoter sur son appareil, mon pote réussit à rallumer le processeur interne branché au cerveau du colosse. Celui-ci se redresse d'un coup et tourne sa tête vers le trou dans le mur de la chapelle. François m'adresse un sourire complice et déclare :

— C'est maintenant que le geek intervient !

Le monstre se lève et marche d'un pas lourd et décidé vers les sbires de Sygensanto. Ceux-ci s'arrêtent, stupéfaits :

— Monsieur le PDG, l'Hybris vient vers nous, s'exclame un jeune stagiaire mal à l'aise.

— Parfait, alors qu'attendez-vous pour le récupérer ? déclame le PDG impassible.

— Mais monsieur le président, nous ne le contrôlons pas ! s'exclame l'ingénieur en chef, tout en s'excitant sur les touches de son ordinateur.

Comprenant que l'Hybris-T leur est devenu franchement hostile, ils lui tirent dessus. Celui-ci hurle sous les balles qui déchiquettent son corps tuméfié, mais il résiste et riposte à la mitrailleuse, dégommant les techniciens et les ingénieurs en quelques secondes. Il ne reste plus que le PDG et l'Hybris, face à face. Jean-Marc Vadorian essaye de négocier :

— Ne me tuez pas, nous pouvons trouver un arrangement... Ma société peut vous verser des millions de dollars !

— Qu'est-ce qu'on fait ? demande François.

— Ben comment ça qu'est-ce qu'on fait ? Tu veux pas accepter quand même ? Je m'indigne.

— Des millions de dollars ! Quand même, ça se discute !

Galena nous coupe en nous montrant les blessés et les morts :

— Ça c'est combien ?

Je jette un coup d'œil dehors :

— Va dire ça à tes actionnaires !

Nous le poussons sans ménagements dans les rangs des actionnaires zombies agglutinés à la porte. J'ai comme l'impression que le cours des actions Sygensanto va subir une brusque dévalorisation.

François stoppe le monstre qui s'arrête comme un jouet-robot. Va-t-on pouvoir respirer, espérer ?

Un bruit d'avion à hélice se rapproche, je me demande ce qu'il va encore nous tomber dessus.

Il se met à pleuvoir. En fait de pluie, je m'aperçois qu'il s'agit de muscadet ; intrigué, nous regardons en l'air pour apercevoir toute une flottille d'avions agricoles qui au lieu de déverser des pesticides, arrosent les zombies au muscadet.

Damien en profite et boit abondamment le breuvage familier qui nous tombe dessus. Le gros tourne la tête vers moi en souriant et affirme :

— C'est du muscadet, du bon vieux muscadet de Loire-Atlantique !

— Je le sais, mon gros, je le sais.

Je gratifie au passage, Galena, d'un clin d'œil complice.

Nous reculons car bon nombre de zombies se transforment en flaques gluantes, tandis que les autres redeviennent humains. C'est le cas pour les blessés récents de l'église, en voie de zombification, qui sont sortis par curiosité. L'averse divine cicatrise leurs blessures. Peu à peu, les mordus reprennent leurs esprits. J'aperçois Sophie qui rejoint son Dieu dans un ultime râle. Le journaliste casse-couille nous fait un dernier fondu sous sa caméra.

Je ne peux rien faire pour le curé canardé par une rafale de mitraillette, qui agonise dans une mare de sang. Je l'entends dire dans un soupir :

— Un miracle, c'est un miracle... !

Bon prince, je lui réponds :

— Que Dieu soit avec toi.

Galena me saute dans les bras, nous sommes trempés, je la trouve magnifique en cet instant sous la pluie du vignoble nantais, alors je l'embrasse passionnément tandis que les avions s'éloignent.

Des blindés et des jeeps surgissent dans la cour, des militaires armés de pulvérisateurs entrent dans les bâtiments pour s'occuper des derniers zombies. Une équipe de médecins nous ausculte et nous invite à grimper dans les ambulances. Ils se proposent de nous emmener en quarantaine dans une aile de l'hôpital réservé à cet effet, pour s'assurer, soit-disant, de notre bonne santé et de notre non-contamination. Une équipe de l'armée ramasse les cadavres qui cette fois-ci ne se relèveront pas. Alors qu'un infirmier propose à ma sœur de grimper dans l'ambulance, celle-ci pète un câble :

— Bon y en a marre maintenant ! D'abord les zombies, ensuite le monstre de métal, et maintenant vous voulez m'enfermer à l'hôpital ? Jamais ! Je veux finir de me marier !

Elle crie si fort que les pans des derniers vitraux cèdent et s'écrasent sur le sol en mille miettes.

Les ambulanciers interrogent du regard les quelques militaires gradés, l'un d'eux s'avance vers ma sœur :

— Très bien Madame, vous pouvez rester ici, mais sachez que cet endroit sera mis sous quarantaine et que vous aurez à subir des tests médicaux obligatoires. Ces messieurs, ajoute-t-il en désignant médecins et infirmiers, resteront avec vous. Cela vous convient-il ?

Ma sœur me regarde, puis regarde son mari :

— C'est le premier qui m'appelle « Madame » mon chéri !

— C'est d'accord Monsieur, on reste. Je réponds au militaire.

Galena m'envoie un tendre regard, je gage que cette quarantaine ne sera pas si désagréable que ça.

Ma sœur ajoute, alors que l'hélicoptère de l'armée emmène ce qui reste des militaires :

— Bon et si on le faisait ce banquet ?

CHAPITRE 20
SELON QUE VOUS SOYEZ PUISSANT OU MISÉRABLE... VOUS AVEZ LE MÊME GOÛT POUR UN ZOMB

28 jours plus tard...

Émission de télévision sur DF1

Un présentateur accueille un groupe de personnalités.

— Ce soir dans « *Vérité Toujours* », nous accueillons le romancier à succès Mickael Glenn, l'éditeur Alain Primerie, le général Henri de la Gardemeur et Marcel Crépau réalisateur du film « *Nantes of the dead* » tiré du reportage de Jean-Rémi Pateau, ex-journaliste, pour parler de ce que les médias du monde entier ont appelé : l'agonie de Nantes.

Pour commencer, Michel, faites-nous un petit topos sur les événements de Nantes.

— Il y a quelques semaines, Nantes a vécu ce que nous pourrions appeler l'Apocalypse breton. En effet, un étrange virus s'est répandu sournoisement parmi la population nantaise, transformant les honnêtes gens en monstres sanguinaires. Très vite, la panique s'est emparée des rues, la police elle-même fut zombifiée. L'armée a dû intervenir et après deux jours de combats intensifs, les soldats sont parvenus à rétablir l'ordre. Grâce entre autre, à l'idée géniale de notre maire Jean-Marc, héros de la ville de Nantes, qui a fait asperger la ville entière de muscadet, ce qui a permis de mettre fin à la contamination.

Une jeune employée de l'équipe télévisée, fraîchement débarquée la « Tentation de Kohlanta », demande ingénument :

— Mais comment il l'a eue l'idée ?

Le présentateur prend un air paternel pour lui répondre :

— Voyons Barbara, tout le monde sait que les zombies n'aiment pas l'alcool, tout comme certains religieux. Mais ne faisons pas d'amalgames pour autant.

La jeune femme ne se le tient pas pour dit :

— Oui mais comment tout le monde le sait ?

Le présentateur semble cette fois-ci perdre son sang froid :

— Et bien Barbara, vous êtes bien curieuse, je cède la place au général pour vous répondre.

Le général De Lagardemeur se cale dans son fauteuil roulant, et déclare d'un ton tonitruant :

— De mon temps, on avait des ennemis morts ou vivants, mais pas les deux en même temps. Si la politique de ce pays était menée par des gens couillus, on n'aurait pas eu besoin de courir après les revenants.

— Merci mon général, coupe le commentateur avant d'ajouter : Marcel, vous qui avez décortiqué le reportage, camera au poing, de notre ex confrère et qui avez, réalisé ce fantastique film primé à Cannes et dans le monde entier, également disponible sur notre site « Boutique DF1.fr », que pensez-vous de ces terribles événements, le maire est-il le héros de Nantes ?

Marcel Crépau en habitué des plateaux télé, regarde la caméra avec assurance :

— Je ne suis pas d'accord avec l'avis du général, je connais personnellement notre maire Jean-Marc, c'est un homme rigoriste et qui n'a pas peur des mots dans les deux sens du terme ; n'en déplaise à notre estimé général Delagardemeur.

— Je m'insurge ! Monsieur Crépau ne fait que dorer le blason du maire avec qui il est cul et chemise. Le rôle de l'armée est toujours minimisé après coup, alors que celui des politiciens véreux est porté aux nues.

Alain Primerie le coupe :

— Parce que vous pensez que bombarder le centre de Nantes au napalm fut d'une aide précieuse pour la population ? De plus vous semblez toujours convaincu qu'il s'agissait de terroristes, alors que la communauté scientifique s'accorde pour affirmer qu'il s'agissait d'un virus.

— Virus mon cul ! hurle le général en tapant du poing sur la table.

La midinette en profite pour la ramener :

— Pourquoi l'armée n'a-t-elle pas bombardé au muscadet plutôt qu'au napalm ?

Alain Primerie prend la peine d'expliquer à miss tentation :

— Les canons de l'armée ne sont pas appropriés pour le muscadet, et le général a raison quand il dit qu'on minimise le rôle de l'armée après coup. Á chaque fois qu'on frise la catastrophe, c'est en partie à cause de l'armée. On peut dire que sans son maire, Nantes aurait été dévastée soit par les zombies, soit par son armée.

Le général se soulève de sa chaise :

— Je ne vous permets pas ! s'étrangle-t-il.

Le commentateur reprend le micro en consultant ses fiches :

— Donc Monsieur Primerie justement, vous allez éditer l'ouvrage du maire de Nantes ?

— Oui, notre héros va publier la vérité sur les faits, tous les faits.

Barbara ajoute innocemment :

— C'est vrai qu'il a été blessé au cours des combats ?

Monsieur Primerie rajoute :

— Oui Mademoiselle, mais pas par les zombies, par un tir de drone de notre armée !

— C'en est trop ! hurle le général rouge de colère

— Nous ne sommes pas à l'armée ici, mon général, ne vous en déplaise, alors votre permission... coupe Marcel Crépau. De plus, vous, mon général, vous étiez bien planqué derrière les murs du château des ducs.

Et le général de s'expliquer :

— En d'autres temps, un grand général a cru bon s'exiler pour sauver la France. Il faut bien que les dirigeants subsistent pour mener le combat à son terme. Si tout le monde se conduit en téméraire, nous laissons le champ libre à l'ennemi. D'ailleurs Monsieur Crépau, votre film en dehors d'une mise en scène macabre, n'a servi qu'à vous remplir les poches.

Barbara intervient :

— Ben c'est toujours utile d'avoir de l'argent. Regardez Monsieur Glenn, il a suivi les conseils de notre héros Jean-Marc et a écrit « Walking Naoned » qui lui a rapporté quelques millions. Et puis c'est bien que les gens sachent.

Le présentateur enchaîne :

—Tout à fait Barbara ! Le premier roman « Walking Naoned » de Mickaël Glenn est déjà un best-seller, que vous pouvez commander sur notre site « Boutique-DF1.fr », donc Monsieur Glenn, que pensez-vous de cette invasion zombie, n'est-ce pas comme votre roman le décrit ?

— Ouais, c'est clair...

— Mickaël, dans une de vos nouvelles, n'aviez-vous pas imaginé des faits similaires, des morts-vivants apparaissant dans un vieux cimetière breton, qui s'attaquaient aux habitants d'une ville bretonne ?

— Ouais, c'est tout à fait ça, j'en ai vendu 50000 exemplaires...

— Et je crois savoir que les studios d'Hollywood ont déjà racheté les droits d'adaptation de votre roman ? Suite aux événements de Nantes, ils ont déclaré aujourd'hui même qu'ils allaient faire un film basé sur votre roman, mais se passant à Los Angeles, et que le maire sera joué par Denzel Washington. Aurez-vous des droits de regard sur le film, et comment allez-vous gérer ce succès ?

— Ouais Cameron est un friend, … je suis content… c'est cool…

— Merci Mickaël, et n'oubliez pas d'acheter ce livre. Vante le présentateur en montrant le livre grand écran.

**

Devant ma télévision en compagnie de François, tels les pieds niquelés, nous regardons l'émission en buvant des bières.

— Nom d'un hobbit, mais c'est faux ! C'est nous qui avons eu l'idée du muscadet, pas le maire !

— Ouais, répond mon pote, quand je pense que ce fumier de réalisateur empoche les bénéfices du reportage de ce crétin de journaliste. On aurait dû négocier avec le PDG de Syngesanto, là on est fauchés, pas un rond, nada.

— Tu oublies les 100000 euros que nous ont rapportés les millions de vues sur Youpub, je fais remarquer à mon pote.

— Ouaip, encore heureux que j'ai posté nos aventures. Mais partagés entre cinq, ça laisse pas lerche, ronchonne François.

— Entre cinq ? L'interrogé-je.

Mon pote énumère :

— T'as la mémoire courte : moi je dois racheter un ordinateur et l'équipement complet, sans compter au passage un appart, Damien de son côté a retrouvé une deuche identique sur ebay mais à un prix astronomique, ta sœur a voulu rembourser les dégâts à l'église et veut refaire une vraie cérémonie en Bulgarie, quant à toi et Galena, vous allez acheter une maison en Bulgarie, et même si c'est pas cher, vous allez pas passer vos plus jeunes années à retaper une vieille ruine.

— T'exagère quand même, pourquoi tu voudrais t'acheter un appart, t'étais en location ? Et pourquoi ma sœur voudrait nous mettre sur le dos une nouvelle cérémonie ? La première a bien eu lieu, non ? Pendant que tu y es, tu voudrais pas qu'on sponsorise le mariage de mon ex avec le copain de Vassil ? je rétorque un peu énervé.

— J'exagère ? s'emporte François, alors je signale à Monsieur que ma putain d'assurance a refusé de rembourser les dégâts à l'appartement sous prétexte que les tirs de roquettes ne sont pas inclus dans le contrat. Ensuite heureusement pour ta sœur que le traiteur s'est fait zombie, parce que la facture du mariage était plutôt salée ! Et toi, tu penses que passer 40 jours entourés de militaires, avec une vingtaine de personnes à soigner, en devant écluser vingt caisses de muscadet offertes par le maire, c'est une cérémonie digne d'un mariage ? Á moins que tu ne veuilles lui laisser ta part ? Je savais que t'étais con, mais à ce point … !

— D'accord, d'accord, lui concédé-je contrit. N'empêche, qu'après tout ça, il nous reste pas grand chose, alors que ce gros con de Marcel Crépau lui va faire des millions avec notre aventure !

— Laisse les cons où ils sont, répond mon pote, nous la Bulgarie nous attend.

28 semaines plus tard...

Toujours chez François, mais dans son nouveau logement à Sozopol, nous allumons la télé et visionnons un reportage sur Nantes :

... la multinationale Sygensanto porte plainte contre des internautes pour diffamation. En effet, depuis les événements de Nantes, la firme d'agrochimie a été accusée d'être à l'origine du virus zombie, théorie du complot qui a eu un certain succès sur la toile ces derniers mois. Les dernières analyses prouvent toutefois qu'il n'y a aucun lien entre leurs recherches génétiques et le drame survenu à Nantes. Sa filiale, qui produit des médicaments, propose un vaccin, disponible dans toutes les pharmacies. Le ministère de la santé conseille à tous les parents de vacciner leurs enfants par mesure de sécurité. Certains chercheurs, comme le docteur Charles Atan de l'hôpital psychiatrique d'Auchpitz, pensent au contraire qu'il ne s'agissait pas d'un virus mais d'une crise de panique créant une agressivité pathologique. Le stress pourrait être à l'origine de

cette violence. Autre théorie du complot diffusée sur le net : certains pensent qu'il ne s'est rien passé à Nantes et que l'armée avec la complicité des médias aurait tout inventé pour masquer un bombardement opéré par erreur dans le centre de Nantes…

ZOMBILOGUE

Quant à nous, Nadège et Stouyan ont rejoint leur belle-famille et vivent heureux dans l'attente de leur premier enfant. Galena et moi nous sommes rapprochés, nous avons fait l'acquisition d'une jolie maison à Veliko Tarnovo où j'ai ouvert une crêperie avec mon pote Damien. Galena vient parfois y chanter, car elle a fait depuis une formidable carrière de chanteuse. François, depuis Sozopol, mène une guerre impitoyable contre la firme Sygensanto, protégé par le laisser-aller des autorités bulgares.

FIN

P.S. Á chaque fois que je passe *tri martelod* d'Alan Stivell, je ne peux empêcher une petite pointe de stress.

ZOMBILOGUE LE RETOUR

Nantes, Lundi matin, 25 avril...

En effectuant des travaux dans le centre-ville, les ouvriers ont découvert une boite métallique identique à un cercueil ; un des travailleurs aurait entendu remuer à l'intérieur, mais ils doivent attendre l'autorisation du contremaître pour l'ouvrir...

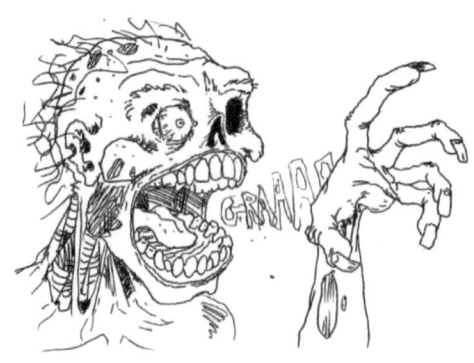

Toute ressemblance avec des personnages rencontrés par nuits de pleine lune dans des cimetières, ne serait que fortuite.

Toute vraisemblance avec des hommes politiques ou journalistes ayant existé ou sévissant encore, serait dû à votre imagination fertile.

Toute ressemblance avec une chanteuse connue bulgare *e samo za fantasmé*

Écrit en Bulgarie en 2016, maintenant vous savez pourquoi…

Auteurs méconnus que je recommande :

Alexandre Barridon : <u>Les voyages érotiques.</u> (pratique pour le zombi qui n'a plus qu'une main...)

Eliza de Varga : <u>La Lune est une fausse blonde.</u> (un petit bijou de second degré)

Elen Brig Koridwenn : <u>Elie et l'apocalypse</u>. (une fabuleuse saga fantastique).

Patrick Letellier : <u>Le ciel en enfer</u>. (une vie pas ordinaire)

Pascal Leterron : <u>Armort le prophète</u> (de la dark fantasy avec des dialogues truculents…)

Eric Abbel : <u>Mytho</u> (la véritable Odyssée d'Ulysse, à se poiler)